长青藤·奇迹成长教育书系

梦想与写作

〔美〕伊丽莎白·吉尔伯特 〔美〕戴夫·埃格斯 〔美〕乔纳森·莱瑟姆等 著
徐海幈 译

The Story I Want to Tell

晨光出版社

序言
Introduction

"inspire"（启发，启迪）一词源自拉丁文，表示"使顿悟"或者"让头脑和内心具有内涵或者有些超脱现实的东西"。本书的书名（The Story I Want to Tell）正是受到一名高中生的启发。当时，他同自己的写作辅导老师坐在另类教育教室外走廊冰凉的地板上，开始激动地讲述"我想讲的故事"。他想讲的故事就在他的口袋里、在他的心里，是他独有的故事，同时也是令他深深痴迷的、给予他启迪的故事。

无论你是否有过如下经历：变成胡萝卜、逃离巨型鳄鱼、幻想一个三明治咧嘴笑、在遥远的海洋里让一只纸盒漂走，或者亲眼目睹一只蜻蜓吞下猎物……这本书里收录的故事和诗歌都会带领你穿越时空，让你身临其境，或许还能够启发你讲出自己的故事。

有关这本书的故事

讲故事工作室是一个非盈利性的写作中心，位于缅因州波特兰市的市中心。每一年，数千名孩子会来到这个宽敞、充满阳光的工作室，亲历自己的故事从无到有的过程。在创办之初的十年里，工作室同一万多名年轻作者合作，将他们的作品结集出版，共计出版了将近五十本图书。讲故事工作室的孩子们讲述的各种故事都能够牢牢地抓住你的心，让你不忍释卷。

这本书是为了纪念讲故事工作室创办十周年，弘扬工作室对讲故事蕴含的魔力的不渝信念而编辑出版的。我们想要制作一部特辑——

一部最佳文集——来纪念这个重大日子,因此我们从数千名年轻作者的作品中精选出了二十篇上乘之作——这可是一件艰巨的任务——然后将这些文章和获奖作家专门针对相应文章创作出的全新作品进行配对。对于如何将最初十年间学习讲故事技巧的孩子同大力支持他们以及工作室那些享有盛誉的作家进行配对的问题,我们进行了反复斟酌。有些文章的配对比较容易,甚至可以说容易得令人感到不可思议;但是,对于作家来说,这次特别的写作绝对不是一件轻轻松松就可以完成的事情。对这些感情饱满的诗歌和极具感染力的故事做出回应需要作家们拿出勇气,付出真心。

这本书的一个主要目标就在于沟通——打破双方在年龄和经验方面存在的隔阂。孩子们扬长避短、创造了一个真正平等竞争的环境。在创作的过程中,很多成年作家在试图匹敌很多孩子作品中迸发出的强烈情感时,都感到自愧不如。一位成年作家将自己最终完成的作品多次修改后,最终还是放弃了,因为孩子和作家的作品就是不合拍。我们又分派给他另一个孩子的作品,这一次双方一拍即合。他说,后一篇文章为他创造了条件、赋予了他灵感,有了这些前提条件和灵感他才有能力讲出自己早就想讲述的一个故事——有关他在泰国的祖父的故事。沟通实现了,一组组文章都证明了这一点。于是,这本书成形了。

就这样,你拿到了这本书。《梦想与写作》是对写作新星和写作大师的致敬,书中共收录了四十篇小说、散文和诗歌,两两一组。所有作者此前都有作品问世,有些人已经享誉世界,有些人刚刚崭露头角。最终的结果超出了我们的预期。这本书是孩子和成年作家用文字进行的一场对话，这些一呼一应、两两对应的文章之间在以神秘而超然的方式进行着对话——应和主题，重塑人物，抽取情节主线。同时，这些成对的文章也在与彼此进行着对话，和读者进行着对话。读者可以从头读到尾，也可以根据文章的基调、主题、内容或者体裁有选择地进行阅读。附在成对文章之后的作者访谈以及全书末尾的写作提示两部分内容进一步丰富了这种对话，我们希望这样的对话能够通过你想讲述的故事变得进一步丰富多彩。

这本书的作者

出现在这本书里的文章的作者都非常了解讲故事工作室。这些孩子都参加过工作室的写作项目，他们的作品之前也都在我们每年出版的文集中发表过。在工作室创办最初的十年里，著名作家伊丽莎白·吉尔伯特、乔治·桑德斯、戴夫·埃格斯、安·贝蒂、坎贝尔·麦格拉思和乔纳森·莱瑟姆都同讲故事工作室的一批批学员进行过友好的圆桌对话，为学员们主持了一场场座无虚席的读书会；比尔·洛巴克、理查德·拉索、贝齐·肖尔和理查德·布兰科都加入了讲故事工作室名誉作家委员会；阿里·梅尔、莉莉·金、梅利莎·科尔曼、贾德·科芬和吉布森·费伊-勒布朗也以工作人员和董事的身份参加工作室的工作，与罗宾逊和伍德一起组织并指导学习班的教学工作。

自讲故事工作室创办之初，创始人苏珊·康利、萨拉·科比特和迈克尔·帕特尼蒂就一直和小学员们保持着合作，现在依然如此。萨拉和迈克尔与自己选择做出呼应的文章的作者保持着特殊的关系——他们在讲故事工作室开展的第一个得到资助的项目中担任了小作者的写作指导教师。

　　你之所以发现这本书，或许是因为看到目录中出现了一些赫赫有名的作者的名字。但是我们敢说，一旦读完整本书，你就会意识到我们多年前在讲故事工作室发现的一个事实：儿童是天生的、最神奇的作家。无论是通过散文还是诗歌的形式，他们讲述的故事都朴实无华、坦诚真实、令人惊叹，因为年轻人最渴望的事情往往就是直截了当地把故事讲出来。小孩子还没有产生用其他方式讲述故事的想法，他们的力量也正来源于此。将不同的作者——孩子和年长的作者——配对组合这一做法本身就在讲述着某个故事。出现在这本书里的这些受人敬重、著述丰富的作家不仅阅读了小作者们的作品，还在后者的启发下创作出了自己的作品，这个事实传达出了一个令人震撼的信息：不只成年人有能力启迪他人、创造和传递知识，我们所有人都具有这些能力。我们都有想要讲述的故事，我们也都有能力写出自己的故事，把自己的故事讲述给他人。

莫莉·麦格拉思
写于讲故事工作室

给写作教师的一点提示
A Note for Writing Instructors

　　这本书为教师们提供了很多教学方法。在配对文章后有一个作者访谈，作家们坦诚布公地畅谈了自己的写作生活、写作过程和出版过程。本书的末尾还提供了不少写作提示，读者也可以通过网站（www.tellingroom.org/thestoryiwanttotell）将其打印出来，这些提示也可以被用作课堂讨论和课外活动的话题。当然，从更宽泛的意义上来说，收录在本书中的每一篇文章都为读者提供了某种写作提示。也就是说，无论是小说还是诗歌，任何一篇令你有所触动、促使你产生不同想法的文章都是教你如何写作的样板。

　　你可以将这本书当作写作课的核心教材、课外阅读的文选书目或者读书俱乐部的推荐书目。教师们可以利用这本书鼓励学生，让他们意识到自己的观点非常可贵、充满力量，他们的故事不仅值得讲出来，而且很有可能值得被发表并且分享给很多人。学生们可以阅读其他学生和成年作者的作品，汲取灵感，根据书中列出的种种思路、主题、风格和观点创作出自己的作品。

　　《梦想与写作》针对的对象是不喜欢写作和已经显示出写作才华的孩子。通过讲故事工作室和学员们长达十年的合作，我们发现在阅读我们出版的图书中同龄人的作品时，原本对写作怀有抗拒心理的孩子会受到启发，爱上写作。在意识到跟自己一样的孩子已经有作品问世的时候，他们会感到自己的创造力和自信心都增强了；通过模仿同龄人的作品，他们最终也能够创作出自己的作品，将自己的作品分享给他人。书中收录的这些文章，讲述的大多是普普通通的事物或者跟作者本人有关的人、地方和情境，读完这些故事后，原先迟疑不决的一些孩子会产生一个念头——"哦，这个故事我也讲得出！"一旦提起笔，他们就会意识到一直以来自己的心里埋藏着怎样的故事。

我们相信这些具有代表性的优秀作品将会帮助一位又一位小作者提高讲故事和写作的技巧，让他们有能力向外界表达出自己的观点。或许，他们会受到激励写出自己的作品、创办写作俱乐部、出版自己的杂志、在公开场合或者自己的新书发布会上为大家朗读自己的作品，就像在他们之前加入讲故事工作室的许多孩子一样。他们应当有机会发现人们愿意听他们的故事，我们希望这本书能够帮助他们获得这样的机会。

目录
Contents

1 往昔的岁月
两颗牙 / 麦基·伦扬博 1
历史课 / 莫妮卡·伍德 3

2 雨不会任由它们的生命被焚毁
在雨中呼吸 / 阿米拉·阿尔·萨姆拉伊 8
在雨中燃烧 / 理查德·布兰科 10

3 神奇超能力
胡萝卜 / 克里斯蒂娜·默里 12
发现胡萝卜 / 乔纳森·莱瑟姆 14

4 自由与孤独
荒野 / 科林·谢泼德 16
气温在升高 / 比尔·洛巴克 19

5 没有树叶的树
树的命运 / 伊莱亚斯·纳斯拉特 23
那棵没有树叶的树 / 贝齐·肖尔 27

6 不同的世界,同一个节日
三个世界里的同一天 / 哈桑·杰亚拉尼 30
夜晚与白天 / 坎贝尔·麦格拉思 38

7 新的开始
  曾经的朋友 / 朱利安·马约尔金 41
  别有苦衷 / 乔治·桑德斯 45

8 在苦难中重生
  我的解释 / 理查德·来乐 49
  喝水 / 理查德·拉索 54

9 重要的是不迷失自我
  游到安全地带 / 瓦西里·穆兰吉拉 58
  飞车短吻鳄 / 安·贝蒂 62

10 红灿灿的西红柿
  一个三明治 / 珍妮特·马西森 67
  果酱般的灿烂气息 / 阿里·梅尔 70

11 一张桌子就是一个家庭的缩影
  桌子 / 马哈德·海洛尔 81
  桌子 / 苏珊·康利 83

12 圣洁的母爱
  突然 / 达西·瑟菲斯 86
  夏日 / 莉莉·金 89

13 难忘的时光

在丛林深处狩猎 / 诺厄·威廉斯 91

爸爸从我身旁骑了过去 / 刘易斯·鲁滨逊 94

14 惊人的忍耐力

鬣狗 / 阿里·穆罕默德 98

面颊骨 / 伊丽莎白·吉尔伯特 102

15 魔法和哈密瓜

哈密瓜 / 埃米莉·霍利迪 105

带着抹布的自画像 / 吉布森·费伊-勒布朗 107

16 真实的自我，独一无二的自我

小秘密 / 密苏里·艾丽斯·威廉斯 110

解放女神 / 梅利莎·科尔曼 111

17 不害怕，慢慢长大

光脚爬树 / 法杜穆·伊萨克 116

椰子树 / 贾德·科芬 120

18 珍惜来之不易的幸福

希望的盒子 / 格雷斯·怀蒂德 128

拉雪橇，添柴火 / 戴夫·埃格斯 132

19 学会告别

父亲有一群忠诚的鸽子 / 阿奇拉・沙拉夫亚尔 144

我曾以为我能挽救一切 / 萨拉・科比特 152

20 找回自己的心跳

照片 / 阿鲁纳・肯伊 157

我们在努力理解你在那里的遭遇 /

迈克尔・帕特尼蒂 161

作家专访

为什么写作 167

写作之路 194

出版之路 211

写作启发 225

认识一下作者 239

讲故事工作室

相信创意表达的力量 252

致谢 254

1
往昔的岁月

两颗牙
Two Teeth

麦基·伦扬博

我居住的地方太美了。我喜欢这里的宁静，桤果树，周围的森林。每一座房子都有不同的颜色。我们家的房子是红色的，家里的事情外人全都知道。这里的街道很窄，满是尘土。太阳一出来，你就能听到女人们唱起了歌；到了夜里，唱歌的就成了醉醺醺的男人们。

一天早上，这里没有响起鸟叫声，街上也没有孩子踢足球。空气沉闷，阴云密布，不过天终于还是亮了。我们清楚地看到空中亮起了毁灭的光，听到大街小巷传来了巨大的撞击声，四面八方都响起了尖利的声音。我们看得到他们在攻击哪里，我们知道自己陷入了战火。

我们躲在叔叔家里，我们的家已经遭到了严重的破坏。我们那座房子太大，太显眼了，而且他们知道我父亲住在哪里。我们一家八口躲在一个房间里，尽量不出声，能找到什么就吃什么，基本上都是水和豆子。房间里只有两张床，所以有的人只能睡在地板上。那个房间很小,墙壁是砖墙,外面糊着一层泥巴,屋顶是铁皮屋顶。

那天晚上下起了雨。我一直很喜欢下雨的时候,听到雨滴声能让我放松下来。尽管那天夜里发生的一切——父亲离去了,我们周围子弹横飞,炸弹爆炸——雨似乎仍能帮我化解恐惧。我们在那个房间里坐了几个小时,谁都没有说一句话,只是听着外面的声音,希望下一枚炸弹不会落在我们的头上。我妹妹当时只有五岁,我记得那天夜里她哭个不停,母亲告诉她没事。母亲紧紧地抱着她,你看得出所有的焦虑都从妹妹的脸上消失了。

母亲是一个勇敢的女人。她承担起了保护我们的责任。雨不断落下来,我听得到母亲的声音,她在房间的角落里唱着歌。她的声音灌满了我的脑袋,我的眼睛缴械投降了。我也哭了起来。仿佛她唱得越久,我就越平静,越是会认为这只是一场噩梦。弟弟躺在我的旁边,他告诉我他的手控制不住地哆嗦着。于是我拉起他的手,告诉他:"睡吧,明天早上就没事了。"

房间里唯一开心的就是我那最年幼的妹妹。她太小、太天真,还不明白发生了什么。只要一有炸弹爆炸,她就拍巴掌笑起来。房间的中央摆着一盘豆子,她使劲爬了过去,吃起了豆子。几分钟后,狭小的房间里就散发出了小区垃圾场的气味。妹妹坐在那里笑着,透过她的笑容你能看到她仅有的两颗牙齿。臭气令人无法忍受,我们情不自禁地逃出了屋子。在那一刻,就连子弹似乎都比那股臭气更容易忍受。我们坐在一起哈哈大笑起来，有那么片刻，我们忘记了迫使我们躲在那里的恐惧。

历史课
History Lesson

莫妮卡·伍德

我原先很喜欢缅因州波特兰一条条砖块铺就的人行道和鹅卵石铺就的街道。我喜欢闭上眼睛，幻想戴着大礼帽的企业家嘴里念念有词、从容不迫地走过广场，一位年轻的夫人推着婴儿车，裙裾拖在地上沙沙作响，凉棚哗啦一下被拉开准备迎接新的一天。我幻想着每一块砖、每一颗鹅卵石都承载着早已逝去的人的生命，他们都曾经在这座历史悠久的城市生活过，大地上深深地烙印着他们的脚步留下的尘土和热情。

然而，在今天这个充满阳光的午后，我和姐姐贝蒂漫步在旧港区，这些熟悉的砖石似乎故意变换了位置，满载恶意，就像是经过冰冻之后膨胀了起来似的——这边裸露了出来，那边少了一块草皮，无数地方等待着信任的脚尖落下。"注意脚底下，"每过几秒钟我就得对姐姐说一声，"你得注意脚下的砖。"

"注意脚下的砖。"她郑重其事地向我做了保证，转眼间就把这件事给忘了，痴迷地看着城市风景：动物，音乐家，小婴儿，热狗摊。

"看那条狗。"她问，"它是什么品种的？"

"估计是比特犬。贝蒂，看着脚底下，好吗？"

"真是条好狗。"她继续说，"真漂亮。"狗的主人——一个戴金链子的大块头——咧开嘴冲她笑了笑。

"贝特[1]，咱们坐一会儿，怎么样？"

她点了点头。"好主意。"

我们穿过纪念碑广场，在胜利女神像的巨大脚边坐了下来。我们坐在这个安全、不会被绊倒的地方打量着周围的环境。每次娇小纤弱的姐姐来看望我的时候，我都会产生这种感觉：身躯高大；内心躁动、警觉。

"哇，瞧那些小哇哇[2]。"贝蒂说。她看到一个托儿所的员工拉着一辆手推车，车里坐着一群小孩子，简直是21世纪的马车。接着，贝蒂扭头看着我，她的脸上泛起了往昔的神采。"我用小推车拉过你。"

我笑了起来。她确实拉过我，在我还不太记事的时候。

她也笑了起来。贝蒂跟那些死板的人不一样，她能鉴别出反话。"我拉过你。"

---

[1] 贝蒂的昵称。——译者注
[2] 贝蒂的智力有缺陷，把toddler（蹒跚学步的小孩子）说成了toboler（英语中没有这个词）。在下文中，她把"向前进"也说错了。——译者注

我们有照片为证：六岁大的贝蒂穿着一条方格棉布裙子，光着两只脚，吃力地拉着一辆跟苹果一样红彤彤的雷德福雷尔[1]小拖车，我和妹妹卡西坐在车斗里，活像两头被拉去市场的小猪。在照片里，贝蒂的个头看上去超出了她的年龄，她的身材清瘦，腿很长，完全不同于两个胖乎乎的"小哇哇"，后来这两个"小哇哇"一直用轮椅推着她出行，这么做总是会唤醒她最早、最珍爱的一段记忆。

　　我也珍爱那段记忆，在一定程度上是因为那段记忆只属于她。我自己最早的记忆也来自大约六岁的时候，也就是说我并不记得贝蒂拉车的事情，也不记得自己不知道"大"姐跟我们不一样的时候。我伸出胳膊，搂住了她松松垮垮的双肩，告诉她高高矗立在我们头顶的雕像代表着在内战中死去的人们。她是否也曾为我讲解过什么？没有讲过内战，没有。不过，也许她讲过如何用正确的姿势抱起小猫？如何用勺子小口地喝金宝汤[2]，而不把汤溅出来？当我在家中院子里蹒跚学步的时候，她有没有提醒过我注意脚底下？

　　"我不喜欢战争。"她说，"太暴力了。"

　　我朝天空指了指。"不过，她很宏伟，不是吗？"十四英尺[3]

---

[1] 雷德福雷尔：美国玩具公司，最出名的是红色玩具车。（本书若无特殊说明，皆为编者注）
[2] 金宝汤公司：美国著名加工食品生产商，产品包括罐装汤品、饼干等。
[3] 1英尺约合0.3米。

高的胜利女神是一个人高马大的女孩。

"哇。"她附和了一声,为了我装出一副惊叹的语气。其实,在贝蒂看来,历史并不比现实生活更伟大。历史跟人没有差别。历史只包括她自己所爱的人和事情。历史的长度只有六十三年。[1] 同所有的历史一样,它是用事实铺就的,只是上面坑坑洼洼落满了渴望的印记。

她还在想拖车。"那会儿你和卡西都还小,我觉得我的年纪比较大了。"她对我说。

我是什么时候知道的?在四五岁的某一天,我醒来的时候,突然发现她不如我们灵活敏捷,比我们无助,脑子也比我们转得慢?这过程是突然开悟,就像被电了一下,还是逐渐的认知?就像坐在海滩上看潮水,还没记下潮水的最高水位,就发现已经开始退潮了。

我看着现在的她:她的身体只有八十磅[2]重,羸弱得就像一只鹪鹩。"贝特,你永远都比我们大,无论咱们能活多久。"我对她说。

在已经有一个世纪之久的纪念碑阴凉下聊天的时候,我突然意识到贝蒂也永远有着"更大"的记忆。在我一岁、两岁、三岁的时候,她已经是一个大姑娘了,收藏着我们共同生活的点点滴滴。"我那时候是什么样的?"我问她。

---

[1] 此处指贝蒂六十三岁了。
[2] 1 磅约合 0.454 千克。

"可——可——爱。"她很肯定地告诉我。她总是多说一个"可",就像给蛋糕加上了糖霜,一边说一边在空中划拉着嶙峋的手,仿佛在抚平激荡的空气。"你是一个可——可——爱的宝宝。"

碰巧,我从其他权威人士的口中得知当年我其实是一个经常发脾气、喜欢大吼大叫的人,不过我还是欣然接受了贝蒂的说法。"还有呢?"

她说我穿过一条蓝色的背带连体短裤,紧接着,我看见了那条背带连体短裤,我觉得我看见了:纽扣、褶皱,还有一根不断从我肩头滑落的带子。她还记得一辆玩具马车、一辆玩具公交车,还有我们亲爱的父亲的笑声。

看着我俩聊天,很多人都冲我们露出了笑容,有一两个人躲开了目光。他们知道如何判断时间、如何数零钱,走在不平的砖地上也不会栽跟头。有些人——比如我——会修剪绣球花,唱法语歌曲,给猫修剪爪子,写书。这些事情贝蒂都做不了,可是她比我、比任何人都更能怀着抚慰人心的同情心记住自己的世界。我们中间有谁不想听到我们很久以前当小可爱的时光呢?

我站起身,把一只手递给了她。"贝特,你觉得怎么样?咱们走吧!"

她一下子就站了起来。"向尖进!"她开心地说。我们迈开了脚步——注意脚下,贝蒂,注意脚下——创造着我们自己的小故事,给满载历史的不平坦的鹅卵石添加上了我们的尘埃。

2
雨不会任由它们的生命被焚毁

在雨中呼吸
Breathing in the Rain

阿米拉·阿尔·萨姆拉伊

有一次，我住在
一个有窗户的房间里
我得使劲探出身子
才看得到一小块天空。
我听得到外面的孩子在玩耍
可是透过那扇窗户
我看不到阳光，也看不到星星。
我不知道现在是白天还是夜晚
我住在一个小小的鸟笼里。

我还记得那一夜
云朵紧贴在一起
天上下着雨。
那一夜，我一点也不想待在

我的房间里。

于是我出去了

去闻一闻玫瑰的芬芳

去看一看雨落在

经受酷暑洗礼后

像纸一样的树皮上。

细细的水流从我的双脚之间流过。

房间里,雨水落在我的窗户上

发出动听的声音

涓涓的雨水和我的呼吸交织在一起。

那一天,我和雨滴一起飞翔着

我看到了花园和沙漠。

我看到了一片片农田,我看到了一座座房屋。

那场雨是神创造的奇迹。

雨越来越小了

我依然闻得到雨

我上了床

想要入梦,想要让我的心再一次被冲刷。

The Story I Want to Tell

在雨中燃烧
Burning in the Rain

理查德·布兰科

有一天,同情心会要求我

从自己的欲望中解脱出来,不再渴望让父亲重新出现

不再沉浸在母亲的惆怅中,

不再用文字扼杀情侣,迫使他们

向我坦白,承担罪责。

今天正是时候:我丢掉了它们,

在花园里,一张接着一张

将它们堆在一起。我要让它们

化成烈焰,小小的白矮人

在一丛丛杜鹃花和无花果旁崩溃

任由它们炸裂,如同长了翅膀的种子一样炸开,

让它们在焖火中化成细丝余烬——

一千只灰色的蝴蝶在风中飞舞。

今天正是时候,可是今天下起了雨,不停地

下着雨。落下来的不是火,而是水——雨滴

敲击着一扇扇门,打湿了一扇扇窗户

玻璃镜子里映出橡树林中的我。

花园的围墙和石头肿胀成了
幽灵般的影子,
风铃在狂风中咯咯地笑着,
留在外面的一只咖啡杯溢出了雨水。
我的纸没有燃烧,而是
变成了睡莲,漂在小水洼里,
夕阳西沉时,它们又变成了小小的白色悬崖,
最终,一整夜的时间,它们在月光下干透了
变成了纸浆做的纪念品。今天
雨不会任由它们的生命被焚毁。

3

神奇超能力

胡萝卜
Carrots
克里斯蒂娜·默里

九岁那一年，我希望自己能变成一根胡萝卜。在餐桌上，我会消失在烘肉卷悬崖背后，或是肉汁河里。我还能去旅行，哪怕只能坐着格莱普斯先生那辆破破烂烂的农用小卡车。我从家里走着去上学的时候，那辆车总是咔嚓咔嚓地从我的身旁经过，赶去很远的市场。

如果我是一根胡萝卜，我就听不到妈妈因为失去另一个儿子而痛苦的哭声了；爸爸回到家后——他的嘴巴里喷出一种奇怪的气味——我就听不到他为了不太熟的香肠冲着乔伊和我大吼大叫的叫骂声了。我们之所以承担了煮香肠的工作是因为妈妈的情绪太低落了，已经起不来床了。那张床就像树枝紧紧地抓着一个苹果的梗一样抓着她。我可不想当苹果。我一直想当胡萝卜。

对我来说，变成胡萝卜不算难，学校里的孩子已经管我叫"胡萝卜头"了。我的眼睛和这种蔬菜的头上冒出来的叶子很协调。我想我不会是唯一一根胡萝卜，我知道乔伊也想变成胡萝卜，没准连约翰也这么想，要不是他对跟他挨着坐在菠菜绿长椅上的那个女孩太着迷的话。当然，还有妈妈，她应该也希望自己变成一根胡萝卜。对他们来说，变成胡萝卜都不成问题，因为他们也都长着一头橘红色的头发。

我知道，如果我真的是一根胡萝卜，我会是一根普普通通的胡萝卜。我不想做那个一声不吭坐在那里，丝毫不敢出错、也不敢透露心中秘密的四年级小学生。可是，我知道只要我吐露哪怕一个字，让别人意识到我的胳膊上有如同香蕉皮上的黑斑一样的淤伤，那我的胳膊上就又会出现一块茄子色的斑点。啊，如果我是一根胡萝卜，我倒是能交到真正的朋友，番茄色的血液和菜花色调的骨头构成的朋友，而不是那些在现实中不存在、只存在于我脑袋里的朋友。

直到十七岁的时候，我还是希望自己能变成一根胡萝卜。我渴望住在地下，跟哈迪斯和珀尔塞福涅住在一起[1]。我在学校散发柠檬味的食堂里吃午饭的时候读过珀尔塞福涅的故事，她是一个很悲惨的女人。我真希望自己还能和妈妈还有乔伊生活在一起，可是他们在最后一次开着家里那辆樱桃红的沃尔沃轿车驶离车道时，就像马蹄下的沙果一样被压扁了。

我不是胡萝卜，乔伊和妈妈变成了胡萝卜，他们已经钻进

---

[1] 哈迪斯是古希腊神话中的冥王，珀尔塞福涅被哈迪斯绑架到冥界，成为冥后。——译者注

软绵绵的大地里去了。他们很幸运,他们住在那里,我却顶着一头橘红色的头发困守在这里。正是这样一头头发让我把自己想象成了我最喜欢的食物,那种坚强的、充满生命力的肉质根菜——胡萝卜。

发现胡萝卜
Carrot-Spotting

乔纳森·莱瑟姆

有一件事情我很难跟别人解释清楚——我都没怎么试过!那就是,小时候,我能看出来别的孩子会把自己想象成什么东西。我的意思是我真的能看到。事实上,我也别无选择。上学的路上,只要瞟一眼前面的人行道,我通常都能看到前面三三两两地走着海盗、公主、宇航员、美人鱼、警察,还有很多动物,比如狮子、美洲豹、大象、龙和鹰头狮[1],有时候还有一两头犀牛。要是问一问那些令我产生好奇的孩子,他们有可能会证实我看到的景象,也有可能会否认,不过这没什么要紧的。对我来说,他们的身份就像白天一样一清二楚,就当每一天都是奇

---

[1] 希腊神话中半狮半鹫的怪兽。

幻的节日吧。

我知道最特殊也是最罕见的东西就是蔬菜。每个学年，我只能见到几种蔬菜。我一直很清楚，把自己想象成蔬菜的孩子是有特殊原因的，是出于某种特殊的需要。这些孩子不会玩耍，只会解决问题。他们会深入了解自己和外界的关系，探索自然秩序，学习一些实实在在的知识，好让自己熬过一天又一天。西红柿在寻找太阳。绿叶蔬菜富含营养，但又有些混乱，他们伸出的一部分混合成了情绪化的沙拉。芦笋安安静静地奋斗着，他们无法让别人知道自己渴望长得多么高。我尊敬根茎菜，比如马铃薯、胡萝卜。他们很坚强，我对他们也很熟悉，可是我知道他们在寻找一些不可知的东西。他们既想生活在地上，又想生活在地下。我还从来没见过一个根扎得不够深的胡萝卜。

有一天，我碰到了一个我看不透的孩子，感到震惊极了。同样的，我的身上肯定也有令他感到吃惊的地方，因为我们俩都在人行道上站住了，久久地凝视着对方。我们都感到迷惑不解，就好像原本天经地义的事情不再天经地义了。我还记得，我突然在心里嘀咕了一句："这个人肯定也能看透我。"突然，砰的一声，我那种闪烁着微光的天赋就像肥皂泡一样炸开了，然后便消失了。就是在那一天，在别人打量着我而我也打量着他们的时候，我只知道他们在打量我，我喜欢这样。就是在那一天，我不再是那个以为每一天都是奇幻节日的孩子了。就是在那一天，我获得了一种更得心应手的超能力——我成了一名作家。

4
自由与孤独

荒野
Wildernesses

科林·谢泼德

在外面，什么事情都有可能发生。昨天，我就看到了一只猫头鹰。在从学校回家的路上，我穿过了一片小树林，就在树林里我听到有什么东西从我身后的篱笆上飞了起来。一开始，我把那只猫头鹰看成了乌鸦，转念一想，乌鸦不可能是棕色的。那只鸟落在电话线上，这时我才仔仔细细地将它打量了一番。猫头鹰竟然会出现在人口这么密集的地区，尤其是在大白天，一想到这些我就感到很惊讶。

它令我想起了我们住在巴克斯顿时发生的一件事情，当时我只有五六岁。一天晚上，把狗放进屋的时候，我看到一棵树上有一个又大又白的东西。我叫来了爸爸。他拿着一个手电筒，我们看到树上的那个东西是一只硕大的雪白色猫头鹰，大概有两英尺高。我的心突然急促地跳了起来。我并没有感到害怕，而是兴奋。那只猫头鹰长着一双乌黑的大眼睛，眼睛四周的羽毛看上去就像是两个白色的碗，喙的颜色接近芥末黄。

第二天夜里，我待在后门廊上等它。我透过一扇玻璃推拉门看着外面。我没有看到那只猫头鹰是什么时候飞来的，可是就在我抬头朝上看的时候，它已经出现在那棵树上了。我告诉爸爸和祖母猫头鹰又回来了。我盯着它看了一会儿，然后就走了。那是我最后一次见到那只猫头鹰。

　　我喜欢出乎意料的事情和不确定的事情，也喜欢发现新事物。令我开心的都是一些小事情：我发现的小河，我钓到的鱼，我遇到的人。

　　不久前，我的祖母去世了。她以前常常叫我帮她做饭，还会带着我去钓鱼。她喜欢钓鱼。她常常带我去一个地方，那里原先有一座桥，后来被拆掉了。我们在河边钓鱼，水流很急，有时候根本判断不出鱼是否上钩了。我们钓了一桶又一桶白鲈鱼。这些鱼大概有六至八英寸[1]长，身体扁平，眼睛不大也不小。祖母会煮一部分鱼，把剩下的冻起来。

　　现在，我总是一个人去钓鱼。去年，我独自在锡贝戈湖附近考察情况的时候，在一片沙洲后面发现了一处小水湾，水湾围成了类似池塘的一片区域。我吃力地拖着独木舟走过沙洲，回到了水湾里，在那里钓了两三个小时的鱼。我钓到了五六条鲈鱼，最大的一条大约有二点五磅重，对于一片那么小的水域来说，这条鱼算是很大了。

---

[1] 1英寸约为2.54厘米。

我沿岸边划着小船，一只马蝇一直绕着我飞来飞去，还咬了我几下，我的胳膊和腿上被咬到的地方都肿了起来。我奋力地想要把它赶开。最终，它飞走了。

鱼竿就支在我的身旁，竿子的顶端落了一只翅膀纹路清晰、身形硕大的黑蜻蜓。我盯着那只蜻蜓，独木舟沿着岸边顺水漂着。突然，那只马蝇又回来了。

蜻蜓飞了起来，我听到它拍打着翅膀飞到了我的右边。随后，它落在了独木舟的前端。它逮住了马蝇，将其吞下了肚子。蜻蜓的嘴就像头上开了两扇对开的门。就在蜻蜓咬住马蝇的一瞬间，门一开一合，你能看到蜻蜓转动着脑袋。它先吃掉了马蝇的肚子，然后马蝇就消失了。

我喜欢出乎意料的事情，可是我不希望生命太无常，或者说太出人意料，那只马蝇的死亡就很出人意料。这对我来说是一件好事，对马蝇来说就不是了。

我喜欢户外生活还有一个原因：我喜欢自由，想制造多大动静就制造多大动静的自由，想去哪里就去哪里的自由。我喜欢花时间反思自己的经历，花时间思考，或者试着理解我原先不理解的事情。周围一个人都没有，我会产生一种十分平静的感觉，这种感觉能令我敞开心扉。置身于一片静谧的树林中，我听到了飞鸟的声音。赶上刚刚下过雨的时候，雨水会从树上滑落，我就一步又一步地踩在小水坑里。

我相信什么？我认为如果别人没有给予你自由，你就应该主动去争取。如果你拥有自由，你就应该捍卫它。我所说的自由就是做自己热爱之事的自由。

气温在升高
Heat Rises

比尔·洛巴克

在外面，各种各样的事情都会发生。在冬季的一天夜里，我坐在工作间——老枫糖屋[1]的书桌前，突然有东西落在了屋顶上。难道是一根树枝？还是从头顶上的香脂冷杉上落下来的一团雪？就在这时，传来了猫头鹰的叫声——"谁做饭给你？谁做饭给你？谁做饭给咕咕咕咕！"我一下子蹦了三丈高。是猫头鹰，叫声还带着那种疯子般的尾音。它是公的还是母的，我不清楚，但是我知道在我工作的那天夜晚，它一直待在那里，偶尔叫唤上几声（每一次听到它的叫声我都会蹦起来）。等我晚些时候走出屋子时，它就一声不响地飞走了，没有制造出一点动静。

它让我想起了我在缅因州法明顿的树林里的一次滑雪经

---

[1] 由木头搭建的房子，通常位于枫树林中，是制作枫糖的场所。

历。当时我们那条活力四射的狗拜拉跟我在一起，大片的雪花不断从天上落下来。那时候我有五十或者五十一岁，拜拉一如既往地跑在前面。就在前方，一只猫头鹰不知道从哪里突然冒了出来。它的双翼伸展开将近有四英尺，但它展开翅膀时悄无声息——悄无声息得有些不现实。那张脸在所有的猫头鹰里是最圆的，四周还围着一圈褐色的羽毛。它把小路的上空当作自己在积雪覆盖的树木中间的通道——冲着我来了，换句话说就是，那张脸冲着我飞了过来。颜色深浅不均的圆盘般的脸上那对深邃的目光注意到了我，它似乎毫不在意自己是死是活，却好像很在意我的生死。

接下来的整整十年里，也就是说直到现在，每次外出的时候我都在寻找那只鸟。我看到过它几次，至少是它的同类，不过每一次都不太意外。

我不喜欢意料之外的事情。我喜欢确定的事情，现在越来越是如此。不过，那次的经历本身也算是意料之外，是新的发现。令我开心的都是一些大事情：我游泳的河，我看到的鱼，我遇见的人，也包括那些我不得不撒手放走的人。跟所有人的交往都是捉了又放的游戏。

我的母亲不久前过世了。小时候，我们五个孩子轮流跟着她做糕点，各种各样的蛋糕、馅饼和饼干，用老式的方法，不透明的大号搅拌碗，还有能让我们舔一舔的大大的搅打器。母亲很喜欢猫头鹰，还喜欢收集各种小塑像、钟表和烟灰缸，这个习惯非常好，因为这样，给她挑礼物就不是一件难事了。母亲去世前，我在她的身旁坐了一个钟头，独自一人守在那里，轻轻地抚摸着她雪白的头发。后来，我走出了屋子（殡仪馆的人都在等着），爬上了后院的山坡，再回头看一眼山下那片鸟类保护区，以前我总是跟邻居家的孩子在那里玩打仗的游戏。两只伸展的巨大的翅膀飞了起来，颜色像雪一样白。雪鸮？天呐！回家后我做了个调查，发现雪鸮的数量有了急速的增长，原先一直在亚北极区过冬的大量雪鸮现在都在偏南的地方过冬了。当然，我更倾向于认为我发现的这只根本就不是猫头鹰，而是前往另一个世界的灵魂。

现在，我依然喜欢做蛋糕饼干之类的东西，尤其喜欢做面包。我做酸面包已经有好些年了，现在终于知道如何把酸面包做成法棍了，就是那种十分松脆、一出炉就噼啪着裂开的法国长面包。不过，近来我不太吃面包，所以最近也没有做过法棍。

哦，只做了一次。我们的厨房有时候飞满了苍蝇。原本好几个星期一只都没有，然后突然就冒出了几十只。当时我正在揉面团，那只苍蝇不停地在我耳边轰鸣着，冲着我的脸，钻进我的耳朵，围绕着我的手臂上下翻飞。我的手上裹满了面粉，没法挥手把它赶走。揉完面团后，我洗干净了手和搅拌碗——这花了好长时间——再把面团放进碗里，最后把碗放到了一个热乎一些的地方，等着面团发起来。然后我又回到了案台跟前，站在那里，等着苍蝇回来。

苍蝇落在了我的额头上，顺着我的鼻梁滑了下来，接着突然朝左边拐过去，滑下了我的面颊，一下子跳到案板上。我就像是在拉一架迷你手风琴似的，将两只手小心翼翼地拉开一英尺的间距，悬停在案板上方六英寸的地方，正对着折磨我的那只苍蝇。随即，我狠狠地拍了下去。我在什么地方读到过，苍蝇出于本能会直直地飞起来，这种说法似乎没有错。时机掌握得恰到好处。这是一只苍蝇得到的最后一次掌声。最终，面包做得非常成功。

我不喜欢出人意料的事情，但是我喜欢生活让人觉得出乎意料。让我觉得出乎意料的就是拍到那只苍蝇一直令我感到心满意足。还有，我丝毫没有感到懊悔。

尽管如此，相比出乎意料的事情，我还是更喜欢孤独。

我相信什么？已经没有多少事情了。气温在升高，没错。我们都会死去，这也没错。我所说的相信，估计就是"知道"的意思。我在厨房窗台上摆了五六只妈妈收藏的猫头鹰，偶尔总有一只会令我感到惊讶。我能确定的事情就只有这么多。

5

没有树叶的树

树的命运
The Fate of the Trees

伊莱亚斯·纳斯拉特

I.
左边的一条小巷子
与前面的一条马路
形成了一个夹角,
我们家就被夹在中间。

在马路对面,
草地和无梗花栎
透过窗户瞪着我。

我知道
它们为什么瞪眼睛,
父亲跟我说过一次,
他说我们的房子

原先是一片田野。

空地招引来了我们

还有住在这一带的孩子们，

我们一起回家，

我们很安全，

只要我们待在这里。

只有我们会担心树的命运。

不然，我们能在哪里挂起

秋千？

走路去上学的时候，

能去哪里躲避炎炎夏日的太阳？

II.

我记得刚搬来的时候

下着大雪，

年纪大一些的孩子

借着地势

堆起了一个雪坡。

我从窗户里望着他们，

有时候也会跟他们一起玩。

冬天过去了,春天来了。
草长高了,
蝴蝶在花丛间
飞来飞去。
高高的草
比夏季干涸坚硬的地面
和冬季的斜坡地
更适合让人们躺倒。

春天过去了,夏天来了。
我们在树上挂起秋千,
或者假扮成战士
用灌满水的玩具枪
冲彼此开火。
年纪大一些的孩子不喜欢
我们的游戏。
他们在放风筝。

秋天令我感到孤单,
不是因为朋友们都走了
而是这个季节
本身就有些特别。

或许是因为看得到
光秃秃的树,
天空也那么清澈……

III.
现在,多年后
我住在别处。

在这里,
我们家附近有三片田野:
一片长满了草,但是附近没有树。
一片长满了草,草地周围长满了高高的枫树。
一片一棵草都没有,
只有高高的树。

小时候,我希望自己
快快长大。
现在,我长大了,
雪也久久没有融化,
可是我已经没有时间
去外面玩耍了。

那棵没有树叶的树
That Leafless Tree

贝齐·肖尔

"就这样,"它说,
"我的叶子松动了,
脱落了。
身体里缓缓生长出的血肉
萎缩了。
茎秆干枯了。
在疾风中,
它们就像小石子一样四散逃走了。
你问我是什么。

女人啊,是什么没错,
但不是我。你才是我,
想逼我开口。
可是,你探寻的是我,
还是你嵌在我躯干里的诗篇?
你那么想成为的,并不是

你面前的一个我，

只是伸展，是到达，

从根到叶子，

从浓密到稀疏，

到越来越稀疏，

有现实，也有假设，

见得到的有多少，

隐藏起来的就有多少，

地上的有多少，

地下的就有多少，

向下摸索，直到根的端点

融进泥土，缓缓渗进别的树。

这就是你渴望听到的吗？

没有根、只有阴影的你，

只希望听到许诺

不想听到对方提起损失。"

它用沙哑的声音问着，

或者说我听到了。

随即便默默无语地感觉着它

多么有别于我，

多么真实，
那名卫士，老卫士
我窗前的哨兵，
那棵没有树叶的树。

6

不同的世界，同一个节日

三个世界里的同一天
A Day in Three Worlds

哈桑·杰亚拉尼

听到父亲的闹钟响了，我就醒了——闹钟的铃声很大，持续不断，就像火警的铃声一样。我躺在床上，身上裹着两三条毯子，透过卧室的门，我看到父亲摇了摇头，手底下还正忙着打领带。我坐了起来。闹钟的屏幕上显示着早上七点十一分。我揉了揉眼睛——我在做梦吗？还是父亲真的在那里，正准备出门？他朝我走了过来，一边走，一边继续调整着领带。

"起床，今天是礼拜日。"他说。

"嗯？"

"今天是礼拜日，哈桑，起床了。"

我还在睡，礼拜日的早上，父亲正在梳洗打扮、叫我起床的念头令我感到很迷惑。我扯了扯毯子，又用毯子捂住了脑袋，假装这一切都没有发生。

父亲又回来了。这一次他去了哥哥的床前，他知道得多费些口舌才能把哥哥叫醒。父亲狠狠地拍了几下哥哥的肩膀，卡希耶一下子跳了起来。

哥哥说:"我醒了,我醒了……校车没有二十分钟走不了。来得及。"他还在睡梦中。

父亲哈哈大笑了起来。"今天可是古尔邦节[1]啊。准备准备,祷告就要开始了。"

我已经将这个节日忘了。对我来说,这是最快乐的节日。十五年来,每一年我都眼巴巴地等着这一天的到来。可是今年,醒来的时候我不像往年那么兴奋。甚至直到父亲提醒,我才想起来。我怎么能把这个日子忘了呢?

对我们这个地区的人来说,古尔邦节是一年里最重要的日子之一。斋月期间要禁食三十天,斋月结束的几周后就是古尔邦节。年满十五岁后,我们这里的男孩和女孩都要开始遵守斋月的规定。在这段禁食期里,我们可以脱离日常,体会另一种生活。并且,只要有条件,我们都要开始施舍穷人。年满十五岁后,我们都开始梦想着一生去一次麦加朝圣。

然而,当我年满十五岁的时候,我差一点没能完成斋月的禁食;我没有工作,也没有钱施舍别人。

我在第三排,盘坐在地板上,两只手臂放在大腿上,念诵祷文。我穿着长罩衫,围着围巾,还戴着一顶帽子,这些都是

---

[1] 古尔邦节是伊斯兰教的重大节日之一,也称为"牺牲节"或"宰牲节"。

当地传统的索马里服饰。我们在波特兰高中的体育馆里，每个人都带来了自己的垫子。做祷告的有六七十个人，比去年的人数少了。男人坐在前排，通常前排区域的后面会挂一副帘子，或立一堵墙，但现在这里只留出了一块空地，女人们待在空地的后面。祷告就要开始了，几个小男孩还在后面跑来跑去。我笑了起来——在他们这么大的时候，我会穿戴得整整齐齐，规矩地站在父亲身旁，跟着其他人一起做祷告。在他们这么大的时候，我特别听话。

现如今，祷告成了可做可不做的事情。这倒不是因为我失去了信仰，而是因为我生活的环境。而且，我已经忘了祷告其实连两分钟都用不了。我一心只想着上学、回家和睡觉。

我出生在索马里，在那里度过了生命中最初的两年。在索马里的时候，每逢古尔邦节我们一早就起床去参加晨礼。店铺、公司、肉食市场都会歇业一天，就连抱着盖了布的大托盘四处叫卖糖果的小贩都会休息一天，所有的地方都会关门一整天。晨礼在礼堂举行，所有人都会穿上传统服饰。

礼堂里很漂亮，天花板上装饰着金色和其他颜色的图案，窗户也敞开着。我觉得里面容纳得下一千人。那里真的非常大。地板上铺着一张大大的地毯，所有人都挤着坐在地毯上。

祷告需要几分钟的时间，长短由领头人决定。现如今，小孩子都跟母亲待在一起，但我记得当年我是跟父亲待在一起的。在索马里，女人不会坐在后排，男人和女人彻底分开，待在不同的房间里。

做完祷告，你可以看看周围的人，说说话。然后，小孩子就会在人群中走来走去，从众人手里讨到一些钱。要完钱后，我就回家了，接下来是自由活动时间，想干什么就干什么。这一天和第二天都不用上学，我会想办法脱下传统服饰。

我会去外面到处逛一逛。大家都会出来，各做各的事情，坐在苹果树和香蕉树下纳凉。一些小孩子会在沙地上踢足球。父亲也不再穿工作服，而是穿上索马里的裹裙，坐在矮凳上，身边摆满了水罐。这种感觉就像是在商场里，只是大家都认识彼此。

索马里发生战争时我只有两岁，为了躲避战乱，我们家逃到了肯尼亚。我的父母还想重返家园，可是他们知道回去的希望很渺茫。

在肯尼亚首都内罗毕，我们周围没有多少与我们持有相同信仰的人。小时候，我会在心里嘀咕："我要去做祷告，还要去上学，没准还能踢踢足球。"在这里，我们还是会过古尔邦节，可是已经没有当年在索马里时的那种感觉了。内罗毕很大，我们住在城市里。那里的人形形色色。我一直不习惯到处都是高楼大厦的景象，那里的生活太繁忙了。

我记得在内罗毕的时候，有一次跟我哥哥一般大的女孩玛丽昂冲进了我们家的大门，当时我和哥哥正在踢足球，她说："咱们来踢球吧！"我和哥哥刚刚练完了一脚传球，于是他俩又叫来了一些大孩子跟他们一起玩。那时候我才三岁，我知道自己太小了，没法跟他们一起玩。他们马上就要开始踢球时，玛丽昂突然说："得有人帮我盯着我爸。"作为一个传统女孩，玛丽昂是不能跟男孩一起玩的。

卡希耶叫我去放哨。我爬上高高的铁栅栏，斜着身子站在窄窄的横档上，一边看他们踢球，一边留意着玛丽昂的父亲。越过栅栏，我什么都看得到。我的脑袋刚好冒出栅栏最上面的尖头。我看着玛丽昂把球踢到了卡希耶的两腿中间，随后绕过他，球进了。我看着玛丽昂绕着球门手足舞蹈地蹦跶着。就在这时，我用眼角的余光看到她的父亲朝大门这边走过来了。我为玛丽昂进球而感到兴奋，同时又担心她再也踢不了球了。当时我用两只手紧紧地抓着栅栏的尖头，就在我跳下去的时候，栅栏的一个尖头划破了我的脖子。

我摔了下去，躺在地上，看到小鸟在澄澈炙热的天空上飞翔着，我感到天旋地转。哥哥把我从地上抱起来，紧紧地搂住了我，等到再把我放下的时候，他的衬衫上染满了血，我的血。

在去波特兰青年会的路上，这段回忆在我的脑海里翻滚着。我要去跟朋友、哥哥和表兄弟们打篮球。我已经在这里安家落户八年了。我换上了篮球短裤、杰梅因·奥尼尔[1]同款的高帮球鞋和一件训练球衣。从浴室出来的时候,表兄弟们正在用投篮的方式决定分组。一看到他们,我就笑得直不起身了。

"哟,别打了,去换衣服。"我说。

"伙计,我们已经换好了,来吧。"穆斯塔夫说。

穆斯塔夫穿着牛仔裤、黑背心和时装鞋。奥马尔穿着系纽扣的白衬衫、卡其布短裤和凉鞋。

"好吧,就这样吧。开球。"我说。

我还记得当年自己也是这样,不知道应该穿什么,不习惯有那么多种衣服让我选择。

我们四对四,打的是全场。每个人都有投篮的机会。我们就像一支And1[2]球队,打的完全就是街头篮球,假动作、盲传球(不看人就传球的技巧),一边打,一边聊着傻乎乎的废话。我打的是中场,抱着球,奥马尔挡住了我。我一低头,看到他的凉鞋又笑了起来。我冲着他的右边虚晃了一下,他没有反应,我又冲着他的左边虚晃一枪,他还是没有反应。我全力向右冲去,我听到他的凉鞋跟在我身后的声音。我使出了交叉步过人的招数,把球转移到了左手,就在一刹那,我没有听到他的凉鞋吧嗒吧嗒踩踏地板的声音。随即,我听到他

---

[1] 杰梅因·奥尼尔是美国著名篮球运动员,曾连续六次入选NBA全明星阵容。
[2] And1是美国街头篮球联盟组织的街头篮球比赛(确切说是表演),同时也是一个运动服装品牌。——译者注

一屁股坐到了地上。

比赛暂停了，我也停了下来。我丢掉手里的球，哈哈大笑起来。所有人都围在奥马尔的身边，俯视着他，大伙起着哄，笑话他被假动作骗得有多惨。

卡希耶和我回家了，我们一屁股坐在沙发椅上，用游戏机玩起了《世界杯2006》，打游戏的时候我们还在笑话奥马尔和他的凉鞋。玩了几把游戏后，卡希耶输得不耐烦了，于是关掉游戏机，做饭去了。我挨个儿换了一遍电视台，最后选定了体育频道。新闻节目《体育中心》插播了一条广告，是最新发行的《海岸救护队》DVD合集的广告。帕梅拉·安德森身穿她那身标志性的红色泳衣沿海滩奔跑着。

搬到内罗毕之后，我才开始看美国电影和《海岸救护队》。在索马里的那个家里，我们没有电视机。我们也无法相信眼前拥有的这一切：钱、轿车、房子，以及帕梅拉·安德森穿着比基尼跑来跑去——我们对美国的印象都来自电视。我们觉得在美国什么东西都是伸手就来，比如金子。你能得到属于自己的房子、轿车和游泳池。

我记得在内罗毕的时候，我坐在自己的双层床上，跟家人挤在一个小小的房间里。那时候天很热，我们不停地检查着电扇，想要确定它是否在运转。电扇一直开着。电视广告会把我们全都吸引住，画面中是一座带着游泳池的豪宅。我们看着广告幻想起来：我们住在美国的一座豪宅里，我的妹妹泡在游泳池里，哥哥和我待在房间里，电视剧《新鲜王子妙事多》里的管家杰弗里伺候着我们，他会说："哈桑少爷，晚餐准备好了。"

广告结束了。卡希耶狠狠地敲打着电扇。

後來，我决定做宵礼，也就是一天里的最后一次祷告。我花了几分钟的时间完成了祷告仪式。以前，我几乎天天都会这么做；现在，大部分时候到了晚上我都没有时间做这些事情了。

然后，我躺到床上，望着天花板，任由思绪游走。就在这时，我心里所有的疑问都逐渐浮现出来。

在索马里，我每天要做五次祷告；在内罗毕，每天三次；现在，一次也不做。在这里，人还在，祷告和传统也还在，可是古尔邦节不再是一个节日了，至少感觉不像一个节日了。

大多数变化的出现是由于我们所处的地方改变了。要是在索马里的话，一切都没有那么复杂：起床，祷告，吃饭，去学校，回家，吃饭。在这里，每天也都重复着同样的事情。但在索马里，祷告是最重要的事。

我时不时地收回思绪，思考一会儿这个问题。任何一项家庭作业、任何一次祷告、任何一次篮球训练我都不想忘记。这三件事情都会有不同的结果。可是，我没有足够的时间完成这三件事情。

"我没办法同时应付学业、篮球和祷告。我该怎么找到这三者的平衡呢？"我问。我希望有一天能找到答案。

父亲希望我们能够远离索马里部落间争斗不断的生活。我的生活已经发生了翻天覆地的变化：从不得不和家人挤在一个房间里变成独自拥有一间卧室，从没有电视变成拥有两台电视、一台电脑，还有一个苹果音乐播放器，从光着脚变成拥有九双不一样的鞋，从只有三套衣服变成拥有一柜子的衣服。

我珍惜自己拥有的这些宝贵的东西和机会，但是我的生活中出现了一个空洞。我得到了这一切，同时也失去了某样东西，我想把它找回来。无数个夜里，我几乎总是琢磨着这些事情入睡，可是两天后我又会去体育馆打篮球，心里只想着奥马尔和穆斯塔夫，这些念头就全都消失了。

夜晚与白天
Night and Day

坎贝尔·麦格拉思

去年，就在斋月期间，我和家人去土耳其旅行了十天。人们聚集在伊斯坦布尔市中心，欢庆晚餐到来的景象震撼了我们——土耳其式茶壶、大篮子、野餐垫、用塑料膜包好的一盘盘食物，一个又一个喜气洋洋的大家庭等待着夕阳西下，等待斋戒结束。我自幼生活在华盛顿特区，伊斯坦布尔的那种感觉就像是 7 月 4 日 [1] 的华盛顿特区商场，一晚接着一晚，只不过绚烂的焰火表演被掰开面包这个更简单的举动取代。一个节日属于世俗世界，另一个节日属于精神世界，二者都以族群和信仰为纽带。后来，我们就待在小山村希林杰。我们无法入睡，直到黎明时分。因为一个男人一直在一条条陡峭的鹅卵石小巷道里穿来穿去，不停地敲着一面大鼓，就好像在参加高中鼓号队的选拔。小村子里没有伊斯坦布尔的那些清真寺和宣礼塔，因此敲着鼓走遍大街小巷能够快速地让分散的农庄和小屋知道即将日出的消息，这意味着他们又要开始一整天的禁食了。

这个地方太美丽了，村子里的一座座农庄和果园纵横交错；一辆辆蓝色的拖拉机拉着一箱箱黄瓜和硕大的桃子赶往市场；破旧的橘红色摩托车上挂着破旧的平板车斗，车斗里装满了大罐的橄榄油；崭新的电视卫星天线下方的前门廊上挂着一串串细长的辣椒，辣椒在日头下逐渐失去了水分，从绿色变成橘红色，再变成红色；到处是山羊、毛驴、黄蜂和黑莓，农场大狗跟着我们回了家，还从窗户跳进了我们的院子；我们在炎热的午后，走下山去享用面包、橄榄、无花果果冻和茶；夜里在密密麻麻的群星里寻找八月的流星，然后月亮就爬上了那座桥，仿佛是宇宙里的一大块蜜瓜。

禁食和饕餮，发达和不发达，灵魂和世俗，过去和现在——

---

[1] 美国国庆日。——译者注

那么多事物都是二元对立的，我们利用这些二元对立的事物整理和解释这个世界和我们的生活经验。下面这首诗就是我受到其中一对二元对立的事物以及它们所催生出的想法和记忆的感召所写下的。

夜晚与白天

白天如同身体一样简单
夜晚如同大脑一样。
白天是水，夜晚是酒。

白天是一群麻雀，
夜晚是一只猫头鹰。
白天是辅音，夜晚是元音。

夜晚是埃及的猫，
白天是狗，任何一条老狗。
夜晚是白天这片宽广大海里的盐。
白天是面包，夜晚是浓雾。

7

新的开始

曾经的朋友
Bottle Jacking

朱利安·马约尔金

我住的地方有一座小山坡，山脚下有一个篮球场。坐在山上，你能俯瞰到球场；上了山，你就能走出里弗顿[1]。我估计盖尔就要到里弗顿了。他从山的那边跟我的另一个朋友一起来，他们都在"大卖场"商场上班。他下了车，从车里拿出了一把气弹枪，扣动了扳机。

我住在里弗顿的波特兰廉租房小区，这个小区是未成年聚居区，居民之间的关系十分紧密。吉和盖尔也住在这里，他们跟我都是朋友。我要讲的是盖尔的故事。他是我最要好的朋友，每天一醒来我就会给他打电话，关心他的情况。我会在他家过夜，他的妈妈认识我。

---

[1] 里弗顿位于美国犹他州。

我是在初中认识盖尔的。他在读七年级的时候搬到了里弗顿，我们会一起玩一种叫"屁股墩"的游戏。玩屁股墩的时候，你得挂在篮球筐的支杆上，蜷起身子，要是你翻倒了，你就会坐一个屁股墩。我赢了盖尔一百五十次，就这样，他输得越来越惨，到最后终于缴械投降了。有一天，他说："嘿，来我家，我请你吃东西。求求你了，别再让我坐屁股墩了。"于是我去了他家，我们吃了冰激凌。没过多久，我俩就成了好朋友，随时随地混在一起，消磨时光。可是，他开始偷酒后，我就渐渐与他疏远了。

等到升入高中的时候，盖尔已经彻底变了一个人。他变得非常贪心，这种改变已对他的生活产生了很大的负面影响。他开始不回家了。

我不可能变成他那样，因为我母亲非常喜欢老派的西班牙式做法。她坚守三条原则：我必须住在家里，我必须在家里过夜，我必须待在这里。所以，当盖尔的小团体在晚上聚会的时候，我只能待在家里，而盖尔差不多要和他的母亲断绝关系了。

后来，因为盗窃，警察来抓盖尔。盖尔过了两个月的逃亡生活。好长一段时间后，他终于决定回家了。可是，等他一回到家，他母亲把他给检举了。就这样，他进了监狱。

第二次出狱的时候，他再也不是以前那个盖尔了。他再也不是那个跟我在一起，一起玩《阿凡达》还有其他幼稚游戏的那个盖尔了。他变得很无情。我真难过，毕竟他曾经跟我是那么要好的朋友。

我跟盖尔已经不怎么交往了，我们已经没有多少可聊的了。

再后来，因为一个小矛盾，盖尔就冲着曾经的朋友朱利叶斯发了疯。住在这一带的人都很震惊，毕竟朱利叶斯以前跟他也是一伙的。盖尔一直没有消气，终于挥舞着气弹枪对着朱利叶斯开了枪，还是近距离的，只有几英尺而已。

> 我不知道盖尔当时在想些什么。他照常过着日子，警察掌握了所有的情况，终于趁着他上班的时候逮捕了他。四个警察当场就在大卖场里把他给铐住了。现在，我听到的消息是接下来四年他都要在监狱里度过了，直到年满二十一岁，从十七岁一直到二十一岁。

我们曾经的朋友吉也走了同样的路。但是，现在看到他的时候，我看到的完全是另一种形象。他不再喝酒了，对自己的现状心满意足。

我呢？我知道自己也应该把酒戒掉。因为喝酒的问题，我被解雇了。

这些事情都发生在几个月前。从那时起，我的生活就每况愈下。我的女朋友刚刚告诉我她要搬到佛罗里达去，再过十七天就要动身了。我在一个分类广告网站上被骗走了Xbox游戏机。我已经不跟父亲说话了。

你知道《秘密》[1]吗？它讲的是如何用开心的念头取代消极的念头的秘密。它源自一本书，一部纪录片；我认识的一个人就掌握了这个秘密。它教你对自己拥有的一切心存感激，教你描绘出自己渴望拥有的东西，教你完全相信它，利用它认清自己。我很想学政治学，想进常春藤盟校，所以我要努力保持这个想法，争取实现目标。无论发生什么，我都要努力让自己开心起来。我已经任由那么多消极的事情发生了，我觉得《秘密》是我仅有的东西，是我唯一的希望。所以，我要守住它。

只要一出现消极退缩的苗头，我就会想一想我的侄子。我哥哥的妻子在劳动节那天生下了一个孩子。哥哥是我们家三个孩子里第一个有孩子的。就这样，他支撑着我。只要一想到他还在，想到他做得很好——这就足够了。只要我愿意，我随时

---

[1]《秘密》是2006年澳大利亚和美国合拍的一部纪录片电影，向大众介绍"吸引定律"，即世间万物皆由能量或者振动频率组成，相同的振动频率会相互吸引。人类的意识也是能量的一种，正面的思想会促成积极的结果，反之，负面的能量会吸引不好的结果。

都能见到他,可是我不常跟他见面,因为他住在南波特兰,距离我和母亲有些远,母亲现在同时做两三份工作。她很勤劳,总是忙个不停,忙完了才会去睡一会儿。

我现在就是要集中精力找一份工作,锻炼身体,保持健康,守住《秘密》。我会继续相信它,我会成功的。一定会的。我会一直相信它,永远朝前看。估计我会把这一切当作一个全新的开始。我深陷在一个大地洞里,除了向上爬,别无出路。我的脸上已经露出了笑容。

别有苦衷
Go to Jail, After Eight Times, Go Directly to Jail

乔治·桑德斯

在北拉雷多边境巡逻站的临时拘留所里,一个墨西哥孩子一屁股坐在了警员办公桌前的椅子上。他至少要被关上三个月,这已经是他第八次被抓住了,罪名是非法进入美国边境,警察的耐心终于被耗尽了。

边境巡警甲伸出一只手,羞涩地捋了捋自己刚刚修剪过的头发——几乎剪成了寸头。

"那个,嘿,我真是欣赏不来这种发型。"警员乙说,他的头上戴着一顶牛仔帽。

"至少人家还有头发。"警员丙说。警员乙脸红了,等于是在说:"没错,没错,说的在理,我这顶帽子下面只有一个秃头。"

我指了指自己的脑袋。

看着我的发际线,大家全都哈哈大笑了起来。

我打量了一下那个孩子。他面无表情地坐在那里,活像一只小猫待在一群大狗中间。现在,他不得不忍受这场有关谢顶的谈话,忍受这粗声大气、令人紧张的笑声,然后他才能进入令人开心的下一个阶段(接受审理),接着就会进入被关进外国监狱的阶段。

我对他的不幸处境产生了同情。

算是吧。

是否会对别人产生同情取决于你自己过得怎么样。我刚刚参加了"众矢之的笼中困兽巡逻队"的行动,跟警员丙——别名丹·加里贝——开车兜了一圈,去看了看树林里泥泞的空地,非法入境者在越过边境后会在那里换上干衣服。我们还检查了一下铁丝网有没有被割断,又开车路过了安全屋,听着警员们讲他们追踪一批批非法入境者整整十一个小时的事情。

我和这个墨西哥孩子的关系有些像是水暖工学徒在面对漏水问题。

丹是第三代墨西哥裔美国人,他是一个有趣、理智的人,似乎在不停地反思自己这份工作在道德层面上有什么意义。他对非法入境者没有什么敌意，他理解他们为什么要这么做，对他们充满同情，在抓捕他们的时候似乎也在竭力保证他们的安全，不伤害他们的尊严。可是，法律就是法律，这些违法分子凭什么能比遵纪守法之人享受优待呢？

因此，对于这个沉默不语、闷闷不乐、死不悔改的孩子，这个负隅顽抗、试图把我的新朋友丹糊弄过去的小流氓，我意识到我在心里嘀咕着：伙计，你指望什么呢？七次？都七次了，还不吸取一点教训？你就那么轻视你的自由？你有家人吗？你现在要有三个月不能陪在他们身边了，你知道吗——

随即，我又想象着他已经成年了，甚至有了孩子，他的孩子就跟我的孩子在蹒跚学步时一样，只不过他们是墨西哥孩子。一想到如果我是他我会有怎样的想法，我终于微微地感到了一阵心痛：笑吧，你们这些糊涂蛋，难道就看不出我是一个正派的人吗，哦，上苍，求求你，放我出去，就这最后一次，孩子们那么可爱，这个年纪过了就过了，再也回不来了，求求你了，求求你了，我犯了一个大错。

"要是我们放了你，你会怎么做？"我在心里向他追问道，"你还会进来吗？下一次，你面临的可就是五年了。"

他迟疑了，躲开了我的目光。

"真的？"我说，"天哪，值得吗？你住的地方情况真的有那么糟糕吗？"

他只是看着我，仿佛是在说："要是没有意义，要是潜在的回报跟被捕风险不成正比的话，我还会继续这么做吗？我看起来很蠢吗？"

他看起来不蠢。他相貌英俊，一脸的悲伤和羞愧。

可是，最重要的是：他被捕了。

被捕了，等着付出代价。

8

在苦难中重生

我的解释
I Started to Explain

理查德·来乐

有一次,我杀了一条狗。那一年我大概十三岁,当时弟弟弗朗西斯和我去取水处打完水,正走在回家的路上,我扛着一个二十升装的方形油桶。突然,我听远处有人嚷嚷了起来。我问弗朗西斯:"前面是出了什么事吗?"

"不知道。"他说。

我先是听到了五岁大的弟弟埃尔维斯的声音。"妈妈,妈妈!"他嘶喊着,每次受伤、感到害怕或者碰上麻烦的时候他就会这样呼唤妈妈。随即,我看到了他。

埃尔维斯躺在地上,嘴唇裂开了口子,掉了几颗牙齿。他在流血。

那条狗站在我弟弟的旁边,仿佛随时准备扑上去继续咬他。那是一条红毛老狗,身形巨大,是埃尔维斯的两倍。刚刚看到埃尔维斯的脸时,我被吓坏了,同时感到怒不可遏。我叫弗朗西斯和几个邻居陪着埃尔维斯。我们的母亲不在身边,那天下午她去礼堂了。

地上有些石头，我捡起几块就朝那条狗追了上去。我简直气疯了，我要逮住它，不能让它再咬人了。我追赶着它，朝它扔石头。我一路哭嚎着，脚上什么都没穿，我甚至没有注意到自己踩到了尖利的东西。

邻居齐兹托跟我一起，他帮着我抓住了那条狗。齐兹托家跟我家就隔了一条街，他体格强壮，手里拎着一个大木桩。他不停地把木桩朝那条狗扔出去，再把木桩捡起来。狗跑进了房东家旁边的一片香蕉园。齐兹托又把手里的木桩扔了出去，说道："我觉得我已经把它的腿给打折了。"他说得没错，就在他打中那条狗之后，那条狗就再也跑不快了，身体变得越来越弱。

我跑得很快，赶上它后用石头砸中了它，它倒了下去。我一边哭嚎，一边打它。"你咬了我弟弟，你把我弟弟给咬坏了！"齐兹托试图拦住我，人们纷纷停了车，盯着我看。

"我觉得它已经死了。"齐兹托说。

"没有！"我嚎得更大声了。

房东太太给她的丈夫塞罗打去了电话，把发生的事情给他讲了一遍。塞罗赶了过来，带着我去礼堂找我的母亲。等我终于找到母亲时，她正笑呵呵地手舞足蹈着，还唱着歌。

"你们几个来这儿干什么？"她一边说，一边继续哼唱着，拍着手。

"妈妈!"我叫了一声。

"怎么了?"她用喜悦的腔调回答道。

"妈妈,埃尔维斯被狗咬了。"

沉默了片刻之后,她的脸涨红了,她不再拍手,也不再唱歌跳舞了。"你……你……你说什么?"

"埃尔维斯被狗咬了。"我又说了一遍。

"怎么会呢?怎么会发生这种事情?"她的声音颤抖着,身子也哆嗦着。

"埃尔维斯妈妈,你没事吧?"房东问了一声。

"我没事吧?刚刚知道狗把我的孩子给咬了,我怎么可能没事?"她喊叫着。

她令我感到害怕。我看得出她已经崩溃了,看得出她的心在流血。"一个母亲的内心绝对不会……"我们坐着出租车赶回到埃尔维斯身边的经过只剩下模模糊糊的记忆了。等我们回到家,埃尔维斯已经被大家从事发现场转移到了别的地方。房东太太、我的弟弟弗朗西斯和菲德尔,还有几个邻居围在他的身边。他流着血。大家七嘴八舌地说着他的事情。我听到有人说:"他不会有事吧?"母亲下了车,朝那棵鳄梨树跑了过去,弟弟就躺在那里。她从人群中挤进去,凑到埃尔维斯的跟前。一看到他,她就哭喊起来。"我的孩子怎么会碰上这种事情?"

她直勾勾地瞪着我。我解释了起来。我告诉她,就在她走后几个小时，埃尔维斯哭了起来，想吃东西。我告诉她，我要去邻居家，问他们是否需要我去帮他们打水，这样我就能给埃尔维斯买东西吃了。还没等我说完，母亲就扇了我一巴掌。

我之所以哭泣并不是因为自己挨了这一巴掌，我哭泣是因为我的弟弟，因为我眼睁睁地看着他流血，承受这样的痛苦。我也为自己哭泣，但不是因为这一巴掌打疼了我，而是因为弟弟被狗咬是我造成的。我之所以哭泣是因为我原本想做些事情，让母亲为我感到骄傲，是因为我原本是想为弟弟们搞到些吃的，于是问邻居是否需要我帮他们打水，这样我就能给弟弟们买来面包，或者买些大米做饭吃。

我之所以哭泣是因为我和弟弟们一直在苦苦地挣扎，拼命想搞到一点钱买食物，我们一直在大街小巷或沿着铁轨搜寻能变卖的东西：自行车零件、饮料罐、水瓶。我们从地里挖出废铜烂铁，爬树去找熟了的木菠萝和鳄梨，然后挨家挨户地把摘到的水果卖掉。

我之所以哭泣是因为有时候母亲不得不外出奔波，只能做帮别人洗衣服的工作。我之所以哭泣是因为有时候她不得不挨家挨户地兜售蜡染布或者莎笼裹裙。我之所以哭泣是因为她总是在大太阳地里一待就是一整天，而且大部分时间都只能走路，她没有钱坐出租车。回到家的时候她的脊背已经很痛了，你想知道有什么好笑的事情吗？她会一直笑呵呵地跟我们说一切都会好起来的,可是我的心里很清楚,过去的一切根本称不上"好起来",而且我知道永远都不会好起来,至少眼下不会。

最重要的是,她一直竭力向我和弟弟们隐瞒这一切。她受了伤,在逐渐走向死亡。我从她的脸上看得出来,我知道她可以找人帮忙,可是谁能帮她呢?我看得出她很伤心,看着她独自承受这些痛苦我总是会感到不安。我觉得自己糟糕透了,因为我无能为力,没法帮她渡过难关,只会坐在这里,看着她的心在流血。母亲原先是一个美丽的女人,很多人爱慕她,可是现在人们纷纷在她的背后嚼舌头。以前,每当她走在基科尼的大街上的时候,人们都会扭头看她。她天生就有一头乌黑的秀发,一身光滑的褐色肌肤,现在她似乎渐渐枯萎了。这一切都是因为她承受的压力。父亲在2005年就过世了,从那时起母亲就不得不承担起全部的责任。现在,她在家里既当女人,也当男人。什么事情都要她做。我为她而哭泣。

我之所以哭泣是因为我和弟弟们不得不经历的窘迫,我们要穿过基科尼大街,去寄宿学校讨剩饭,这样我们才能有饭吃。我不得不眼睁睁地看着弟弟们哭喊,因为他们已经两三天没有吃饭,只喝了些水,而我又做了些什么?什么也没有做。我只是坐在这里,有时候还会跟他们一起哭喊。

我哭泣是因为饥饿,是因为母亲,是因为窘迫。我哭泣是因为弟弟要在医院里住上三个月,他需要做手术。我哭泣是因为生活中遭遇的这一切厄运。这一切,我指的是饥饿、苦难、被狗咬，这一切促使我想问一个问题："世上真的有神吗？如果有，当我们最需要他的时候，他在哪里？他为何什么也不做？"

喝水
Drinking Water

理查德·拉索

淡入

1. 外景　大型公共水池　白天

　　水花翻滚。镜头里出现了一个蓝色的木桶。一只棕色的手将木桶浸入喷水池。

切至

2. 外景　喷水池　同上

　　现在，从上方可以看到喷水池跟前有两个瘦瘦的黑人男孩。一个男孩看起来大约有十三岁，另一个男孩比他小几岁。他们两个一起抓着木桶的把手，把满满一桶水从水池里拉了出来。他们把水桶放在地上，水溅了出来。他们等着桶里的水平静下来。

屏幕下方出现一行字：难民营，乌干达首都坎帕拉。

（画外音，年纪大一些的男孩说）

有一次，我杀死了一条狗。

3. 外景　难民营　同上

两个男孩吃力地抬着沉重的水桶走在拥挤的帐篷间。

这份工作很费力，在炎炎烈日下，他俩汗流浃背。

附近出现了一阵骚动，这引起了年纪大一些的男孩的注意。

（远处惊恐的声音）

妈妈！妈妈！

两个男孩放下水桶，朝喧闹的人群跑了过去。

（年纪大一些的男孩尖叫）

埃尔维斯！

4. 外景　难民营　同上

一个男孩在抽泣，最多只有五岁，他躺在土地上，浑身都是血。一条鼻头泛灰的红毛大狗站在他的旁边，嘴里嚼着什么。人们从帐篷里透过门帘望着孩子，但是没有人过来救助他。

两个男孩跑了过来。年纪大一些的男孩捡起一块石头，用力地朝狗扔了过去，没有砸中，但是狗警觉地向后退去了。

（年纪大一些的男孩跪在地上，轻声说）

埃尔维斯！

镜头对准孩子。他被吓坏了，已经不哭了。年纪大一些的男孩伸手摸了摸他，但是又害怕得停下来。镜头一直对准他，直到他惊恐的表情变成了愤怒，掩饰住了内心的恐惧。

5. 外景　难民营　同上

镜头对准红毛狗，现在它跑掉了，在一座座帐篷中间钻来钻去。年纪大一些的男孩在追赶它,狗几乎跟他一样大。人们从各自的帐篷里走出来围观。男孩捡起一块石头，朝狗扔了过去，没有砸中。

6. 外景　难民营外围　同上

狗朝山坡上跑去，在山顶上停住了，喘着粗气。一块石头砸在它的肋骨上，它发出了短促的尖叫声，随即就倒下了。我们看到男孩走了过来，手里还拿着一块石头。狗挣扎着站了起来，一瘸一拐地走了几步，第二块石头砸中了它，它又倒下了。这一次，它一动不动地躺在那里。

镜头朝男孩拉近，他走到狗的跟前，精疲力竭。狗还清醒着，但是没有再站起来。男孩又捡起一块更大的石头。狗气喘吁吁，男孩跪在了狗的跟前，举起石头。

切至

7. 外景　难民营　晚些时候

镜头朝蓝色水桶拉近。年纪小一些的男孩把水桶提回了自己住的帐篷。人们聚集在他周围。

大一些的男孩走了过来，手里还拿着石头，现在石头上满是血，男孩身上也是如此。他显得失魂落魄，神情恍惚。

（年纪大一些的男孩的声音）

这一年，我十三岁。

他跪在水桶旁边。我们看到他的脸在水里的倒影。一滴血让水变成了红色。

（年纪大一些的男孩的声音继续）

它死得太快了，那条狗。我不只是想让它死掉。

镜头从上方拉远，人们在男孩的身边围成一个圆圈，男孩一直盯着水桶。

9

重要的是不迷失自我

游到安全地带
Swimming to Safety

瓦西里·穆兰吉拉

最适合哭的时候就是夜晚，灯都熄灭了，即使你轻声抽噎，也没有人听得见。要是别人知道你哭了，他们就会问你怎么了。有时候，仅仅告诉他们你是谁也会令你感到不舒服。

人们或许好奇我为什么要写这些东西。两年前，我突然发现自己很孤独。我想知道没有家人的陪伴，我的未来会变成什么样子。我从父母那里知道了如何成为一个成熟的人，跟着哥哥们学会了摔跤。真希望我能留在家里，继续跟家人交流这些事情。可是，我的心愿没有实现。不过，我想讲的并不是这件事，因为这件事会让我回想起很多令我无法承受的往事。其实，我要给你们讲的是发生在非洲的一件事，这件事令我感到开心。

这件事发生在我的祖国布隆迪，我和朋友们都住在湖边的城市布琼布拉。那座城市有一片沙滩，总是有很多人在那里游泳，在海滩酒吧里喝碳酸饮料和啤酒，在沙滩上晒日光浴。这个地方叫"萨迦海滩"。有时候，在海滩酒店里，游客和当地人会在户外 DJ 的伴奏下一起跳舞。有时候，人们会在沙滩上打打排球、踢踢足球。赶上最热的日子，气温超过了三十五度，我会跟朋友一起去沙滩那里。从我家到沙滩，走路只需要二十分钟。

有一天，我们穿好了泳衣，准备下水玩一会儿。我的朋友蒂里是一个争强好胜的人，他跟大家说我们应该来一场游泳比赛。从岸边游到水里伸出的一块岩石那儿，看看谁游得最快。伊利亚、奥利维尔、克里斯雷恩和我——我们的年纪都一般大——都觉得这个主意很不错。在大热天里，这样的比赛能让我们打起精神。

为了让比赛变得更有趣，我提议每个人都掏出两千布隆迪法郎[1]。我们可以把钱放在沙滩上，就压在衣服下面，既安全，又不会被水打湿。所有的钱都是奖金，归获胜者一人所有。

克里斯雷恩和奥利维尔跟其他人一样也坐在沙滩上，他们立即表示同意，因为他们都觉得自己的胜算很大。伊利亚不同意，气冲冲地跟我说两千布郎太多了。他装出一副气呼呼的模样，骂了我几句，说我是"卑鄙的小偷"，还指责我把好玩的游戏变得太严肃了。他抱怨说克里斯雷恩、蒂里、奥利维尔和我都掏得起这笔钱，但他不行，因为他家不富裕。

为了解决这个问题，我们决定让伊利亚也参加比赛，但是

---

[1] 布隆迪共和国法定货币，简称布郎。两千布隆迪法郎约合 6.6 元。

用不着掏钱。我们其他人还是掏了钱，因为我们想把比赛建立在奖金的基础之上——让每个人都知道比赛值得一搏。这样一来，比赛就变得更刺激了。就像伊利亚说的那样，比赛变得更严肃了，但是严肃的同时又很有趣。

我们站在沙滩上，在岸边排成一条直线。蒂里没有倒数就大喊了一声："出发！"不过，我们全都已经准备就绪了。我们五个人从沙滩上冲了出去，一头扎进水里，激起了五片不小的水花。

一进入水中，我就知道我要输了。我心想，我游得不算好，不过至少也不算是最差的。克里斯雷恩是最差的，因为他太胖了。他太喜欢吃东西了，每次一进海滩酒吧，就总是想吃薯条、鱼和鸡肉。我知道至少自己不会垫底。

所有人采用的都是自由泳泳姿，就连克里斯雷恩也不例外。我们全都照直向前游去。游了几分钟后，伊利亚领先了，他全身肌肉发达，速度很快。我比伊利亚瘦，所以游得有点慢。

我们都在前面游着，可是克里斯雷恩放弃了，浮上水面。他冲我们挥了挥手，示意我们回去，可是我们还是坚持比赛。我考虑的不是钱，因为我知道自己肯定会输，我跟在朋友们身后继续游下去是因为我想鼓励他们游得更快一点。

伊利亚领先了两个身长。蒂里排在第二。奥利维尔位居第三。我是第四名，最后一名当然是克里斯雷恩，他都没有坚持完成比赛。

60

结束比赛后，我们就不再继续游泳了，只是扶着岩石漂在水中，大口大口地喘着气。突然，我们听到克里斯雷恩冲我们喊道："古斯塔夫！古斯塔夫！"

古斯塔夫是尼罗河里的一条巨型鳄鱼，六十五岁了，身长二十英尺。它很有名，因为它是非洲最大的一条鳄鱼。不待在尼罗河、刚果河或者津巴布韦的大河的时候，它就会来到我们这面湖安家，我们的坦噶尼喀湖。

我害怕自己丢了性命。我可不想被吃掉。对于克里斯雷恩的话，我们并没有太当真，他就喜欢开玩笑。不过，我们还是游了起来，游得飞快。人们说古斯塔夫是一条臭名昭著的食人鳄，在坦噶尼喀湖和卢旺达的基伍湖沿岸地区，已经吃掉三百多人了。它上一次被人看到是在2008年2月的时候，就在我们这面湖里。没准它一直待在这里。

返程的路上，我们游得甚至比之前比赛的时候更快了。克里斯雷恩在那里等着我们，他也尖叫着。我也不知道自己怎么会游得这么快，毕竟这件事很有可能不是真的，不过还是以防万一吧。我还是想保住自己的性命，游得上气不接下气。

回到岸边后，我们转过身，身后根本没有古斯塔夫的影子。克里斯雷恩哈哈大笑了起来。我们围住了他，他还站在沙滩上大笑着，我们一下子把他推倒在地。他叫我们饶了他，还保证说自己再也不会开这种玩笑了。因为惊恐之下，我们完全可能会淹死。我们饶了他，然后洗了洗澡，穿上了衣服。

没有掏钱的伊利亚拿到了奖金。离开海滩之前，克里斯雷恩还试图说服伊利亚给他在酒吧里买点吃的。伊利亚拒绝了克里斯雷恩的要求，他已经对这笔钱做好了打算。我们一起走回了家。

这是我们几个朋友在一起的最后一次开心的记忆。此后，我再也没有听到过他们的音讯。但愿他们还在一起，还是朋友。就在发生这件事的几天后，我的生命受到了威胁，为了保住性命我不得不逃离了布隆迪。现在，我住在缅因州的波特兰。无论发生什么事情，我都不会感到焦虑不安。不过，我还是常常问自己：等一切结束后，我还会是我自己吗？

飞车短吻鳄
Drive-by Alligator

安·贝蒂

有两个朋友，就叫他们弗洛和 B 吧。他们经常见面，会一起外出度短假，享受阳光，远离日常生活，一起开怀大笑。他们已经是老朋友了，有很多值得一起欢笑的经历。他们已经相识多年，也被迫接受了对方的很多有别于自己的观点，比如对"伟大"的理解。住进酒店的第一天，B 感冒了，弗洛一个人开着他们租来的车出去了，对B一点也不同情。弗洛是一个很差劲的人，她觉得——至今依然这么认为——感冒完全是个人的过错，是完全可以避免的，尽管她自己患上感冒的时候不会这么想。不过，在此之前，也就是B生病的半天前，弗洛支付了过路费，然后他们便驾驶租来的这辆车飞速驶过了大桥，朝萨尼贝尔的方向前进了。他们要去一个自然避难所，在那里他们见到了此后他们所说的那条"飞车短吻鳄"。

它就在篱笆后面的一个小水塘的一汪浑水里，对开过去的一辆辆车毫不留意。不过后来当弗洛或者B模仿它的时候，它会时不时地向上翻翻眼睛。坐在车里的两个人都认出它了——没错，是一条短吻鳄，它也在寻找阳光，大概是暂时不想当鳄鱼了。开车路过的人都尖叫着，拍着照片，表现得像是傻乎乎的游客。他们不觉得这条鳄鱼很高贵，它只是一个道具，一个老把戏。它生活的整个地区只不过是一张画出来的背景布而已，植物都那么清晰可辨，头顶的天空那么熟悉，就像是佛罗里达的天空一样，飘着一团团棉花糖一样的白云。

坐在车里的人笑盈盈地指着它，他们都觉得太完美了，广播里刚刚播放起约翰·列侬的《想象》时，这里就出现了一条短吻鳄。"想象一下，这里没有短吻鳄……"B唱了起来，尽管他在百老汇看了那么多年的音乐剧，他的那副破锣嗓子还是毫无改善。他们两个人分别从两座城市飞了过来，在那个杂乱无章、不断扩建的酒店里会合了。这一天属于他们，他们一来就看到了野生动物——很容易就看到了——立刻将其命名为"飞车短吻鳄"。不过，昌说弗洛在起名这件事上很有天赋，但是B很有可能也能想出这个名字，假定就是他想出来的吧。

开车的总是弗洛，因为B体重超标太严重，从来不喜欢坐在驾驶座上。他喜欢坐在副驾驶座上，像胖蛋先生[1]坐在墙上一样坐在那里。不过我们这里只有皮座椅——他可以随意更换。当然，他绝对不会摔下来，也绝对不会被摔烂。

直到他真的摔了下来。多年后，这段很糟糕但一度也挺有趣的佛罗里达之行变成了传说，变成了简短的几句话，变成了他们两个人在电话里调侃的只言片语。之后，弗洛进行了一次漫长的旅行。回到家后，她给B打电话，可是始终都没有人接。弗洛在电话里留了言，读者应该可以猜出来，尽管很长一段时间以来弗洛一直不敢这么想——B已经过世了。他陷入昏迷，不久后就去世了。葬礼已经举办过了。弗洛想到了那一天自己身处何方，在哪条街，在哪座陌生的城市，可她没想到出了这种事。她当然想不到了，因为这么想本身就是不可想象的。一张愚蠢的明信片很有可能正在路上，在从苏格兰到马里兰州的贝塞斯达的路上。她再也见不到他了，再也见不到他办公室里那些摆满《星球大战》模型、亮着灯的柜子了，见不到他收藏

---

[1] 胖蛋先生，也译作"矮胖子"，形象是一枚拟人化的鸡蛋，出自英国儿歌 Humpty Dumpty。儿歌内容讲的是胖蛋先生坐在墙头上，结果摔了下来，没办法复原的故事。

的那些地球仪了，还有他那张皮面长沙发。多年来，她一直像一条短吻鳄一样懒洋洋地躺在那张沙发上，跟 B 唠叨着她心里的大事，讲到有趣的事情或者没有答案的问题时，她的眼睛就会向上翻一翻。至少，当时她觉得有很多事情都很重要，他们俩都很清楚，总有一天提到那些事情时他们会大笑一场。

如果这一切全都是虚构的，全都是编造出来的呢？如果根本就没有这两个人呢？没有多少人知道他们的绰号。不，人们会说不认识这两个人，即使真有这么两个人，佛罗里达短吻鳄的故事对其他人又有什么意义？这件事所具有的更重要的意义怎么会像蓝天上的一朵白云一样四下消散、只留下一团令人着迷的罗夏墨迹[1]呢？而人们对墨迹的解读当然绝对不可能完全正确或完全错误。或者说，那根云朵形成的手指如何能激活别人的身体，就像西斯廷教堂天花板上画的大名鼎鼎的神的手指？因为，你其实很有可能也会向上凝望——寻找意义，茫然地翻一翻眼睛，寻找更宏大的视角。否则，在你看到它的那一天（无论你是否看到了它），地上就只有一条短吻鳄，一个只知道晒太阳的家伙，它没有做任何有价值的事情，只是以短吻鳄的方式躺在那里，它的形状就像饼干模子——为什么不呢？你可以买一个仙人掌形状的饼干模子，消防栓形状的饼干模子，翘着

---

[1] 罗夏墨迹也称罗夏墨迹测验，由瑞士精神病学家罗夏创立，是非常著名的人格测验。罗夏测验由十张墨迹图构成，通过记录受测验人对每张图的联想来分析其人格。

尾巴的小狗形状的饼干模子——一样容易辨认，什么也不做，只是当一条鳄鱼。这说明，只要你不干涉它，它就不会伤害你。

听过这种话吗？相信这种话吗？

难以相信它不是在等待猎物。难以相信它的存在不代表死亡，它只是用不同寻常的方式随便瞟一眼，没有期待什么。难以相信一个人会愚蠢到认为只要为它命名，自己就会安全无恙。当然，租来的那辆车也很安全。一辆红色的轿车是不会打扰到短吻鳄的。它又不是公牛，反正这里是萨尼贝尔，又不是潘普洛纳[1]。

---

[1] 潘普洛纳是西班牙的一座城市，以奔牛节（圣费尔明节）而著名。——译者注

10
红灿灿的西红柿

一个三明治
A Sandwich

珍妮特·马西森

在家的时候
我喜欢去看望一棵幸福树,
爬上树枝
带上一个笑得跟我一样灿烂的三明治。

在大树脚下,我脏兮兮的双手
摸到了树根,扒出了泥土,
进入了树的身体。
一棵强壮的树,一棵鲜活的树,
躯体扩张到了我们的世界,
一棵苹果树,它的味道我依然记得。

在那里的时候
我幻想着一套小小的公寓,

就在时间的中央

我的夏日刚刚从那里开始。

悬空的门廊上面

阳光永远不会消失。

在房间里我们吃着面包,还有其他美食,

尽管有些食物我不太喜欢,

但是我爱跟我一起吃饭的人。

我幻想着案板上放着几把刀,

有人大呼小叫地要着盐,

小小的脚跑到了饭桌前,

烤箱里烤着布朗尼,

火炉上熬着药草,

烤箱里还有热乎乎的肉桂苹果山药饼,滚烫滚烫的。

"唔,妈妈,喝什么茶?"

我是一个蹦蹦跳跳的独脚旅行者。

四海为家

无论走到哪里

总有新的厨师为我做饭。

我最喜欢的厨师戴着一副眼镜,长着一头刺蓬蓬的头发,

他会为我做邪恶的三明治

坏透了的辛辣食物灼烧着我的舌头。

一罐橄榄

闻上去就像是一座破房子里的烤箱,
存放在架子上的
罐头食品,
腌渍食品。
不过,那股气味里
带着一丝又苦又甜的气息。

紫红色的部分在流血,
流到哪里,就渗进哪里。
一块扎染的比萨。
种种味道混合在一起。
外表是坚硬的橡皮
摸上去质地细腻,一掰开
就喷出里面的腐烂物的汁水。

就像泥巴,淤泥,
不是那种沙土般的泥巴。
几乎有些温柔。

那么有力,那么强大,那么势不可挡。
趁着牙齿无意中松开的一瞬间,
它就用它那柔嫩的果肉
让我的舌头沉沉睡去了。
它不苦,不甜,不酸,也不辣。
单单这么一颗果子
就能让你的嘴巴里充满了它那有毒的碎渣。

它的味道就像是池塘的水底。

果酱般的灿烂气息
Jammy Brightness

阿里·梅尔

　　上辈子,我生活在中国的沈阳,是一名骑着自行车送信的邮差。大部分时间我都过得很艰难,住在脏兮兮、空荡荡的房间里,楼上也是这样的房间。我的父母都是好人,在我长到能够了解他们的年纪时,时间已经把他们打磨成了玻璃一样平滑透明的人。在我活过的这几辈子里,我不记得自己在面对这么多食物的时候还会如此饥饿。不过,在似乎永远不会结束的上下班高峰期里，我骑着那辆快要散架、不能变速的自行车摇摇晃晃地穿行在密集的车流中还是很刺激的。

你得知道，无论我是谁，有一点似乎是永恒不变的——无论一切会变得多么糟糕，在某些时刻，我总是能够感觉到纯粹的喜悦。

谢天谢地，就是在这样的某个时刻——也有可能不是——我拐来拐去地穿行在成千上万个移动的物体中，在人流、动物、大卡车之中，我这艰难的一生戛然而止了。我大概是被一辆卡车撞到了。能记住临死前的几个瞬间，这可太不寻常了。这种时刻往往会给人造成很大的创伤。不过，我隐约记得在很久以前，我还是一个孤独的神秘主义者，一辈子都在空荡荡的地方游荡。我坐了下来，当时我已经是一个老人了，目睹了自己的死亡。事实上，在死去的时候，你过了怎样的一生、以怎样的方式死去都无关紧要，至少我的情况是这样的。一旦死了，所有人都是一样的。

你会感到自己失去了什么，那种感觉就像你扯掉了嘴巴上的胶带，结果发现自己还是不能说话一样。然后你就会受到回忆的折磨，你会想起一生中的美妙时刻，也会想起一个个恐怖的时刻。当你的身体回归大地，你就会放手，将自己曾经做过、没做过的一切都抛之脑后，脱离肉身的束缚。然后，你就解脱了，随即就会感到饿极了——就好像整整一个月颗粒未进。

我被泥土包围着，心里唯独想着叔叔给我做的大三明治，每当我回到家,来到我那棵幸福树面前时,他都会做给我吃。我不顾一切地在泥土里爬行着,在黑暗中一路向前钻去,直到我终于摸到了它——树根,它穿透了空间,穿透了一层层形形色色的现实和梦境,穿透了时间本身,指引我回到了中心。摸到它的一刹那,我就知道自己找到了回家的路。我使劲从泥土中抽出双手,充满力量向外伸展的藤蔓为我指引着方向,它们永远缠绕交错在一起,它们的曲线那么慈爱体贴。终于,我从树干底部钻了出来。在时间中央的那棵树是我的家。

我的家人就在节瘤密布的树干中部等着我,那里有一个洒满阳光的房间,他们就待在房间里。那个房间已经在那里很长时间了,已经变成了树的一部分,所有的窗户、木头和树枝都融为了一体。

我叫它"我的一棵幸福树",其实在我出生之前它就已经在世上存在很久了,并且将继续存在很久很久。(我在这个世界上的家人还没有一个人死去,所以我也不清楚在我们死后,究竟会发生什么事情。)它皱巴巴、沟壑遍布的外皮向上生长得甚至超过了我天马行空的想象,它穿透了云朵,向更高的地方长去。我的兄弟们一直想要爬到树顶上,可是迄今为止他们就连高处的树枝都没有看到过。

相形之下,环绕着它的常青树郁郁葱葱,像一个个微缩景观,它们遮盖住了圆弧状的世界尽头,无论这个世界是什么样子。哦,还有一点,我的这棵树是一棵橄榄树,它能长出你吃过的苦味最细腻、最令人喜悦的果实，无论是在你的今生还是来世，或者是在千百年以前。

我坐在我家那张长长的金色大木桌前，凝视着面前盘子里那个巨大的三明治。它坐得下四十多个人——是桌子，不是三明治，不过换作在沈阳的时候，这个三明治大概也能喂饱同样多的人。

我太饿了，身体里面空荡荡的，只有一个咆哮的空洞吵吵嚷嚷地要我把它填满。可是，还没张嘴咬一口三明治，我就先品尝到了斑驳温柔的阳光。阳光透过墙壁上的窗户，也就是我家那堵曲面墙，洒进了屋里。一股森林的芬芳气息涌进了房间。就在几个月前，我还不会慢慢享受这样的时刻，在前几世里，一切都很复杂。而前几世的生活也让这一世变得更复杂。

"亲爱的，你不想吃吗？"母亲问我。自从我回来后，她就一直有些担心我。

我只回答了一声："唔。"在这个家里，总有人在做饭，这一次是我的母亲。她一边做饼干，一边打量我。

"这个月过得艰难吗？"她轻声问道。

我们就是用这样的方式讨论生命的，因为无论我们能在世上活多久，过着怎样的生活，也无论生活质量如何，每个人的生命都相当于我们活过的一个月。我曾活过一百多岁，也曾夭折过，在出生后不久就死去。我们说时间没有分别，因为所有生命的价值都是一样的。

如果不吃叔叔为我做的三明治，我就没法和母亲讨论自己的感受。所以我把手向下伸去，紧紧地抓住了半个巨大的三明治。西红柿和蛋黄酱顺着我的手缓缓淌了下来，流到了手腕上，刚刚烤好的新鲜火鸡肉和亮闪闪的藻绿色生菜在切口潦草、外皮厚实的面包中间闪烁着微光。我张大了嘴，能张多大就张多大。一口下去，我的嘴里便充满了西红柿的味道，它那种酸溜溜、果酱般的灿烂气息率先震撼了我的舌头，随即就被火鸡自成一体连绵不绝的浓厚余味盖过去。这就是天堂，我不停地吃着，直到盘子里只剩下一些面包屑。

"你……上个月突然走掉之前咱们说过的事情，你考虑过了吗？"母亲问道。

她的表现很得体，一直等着我吃完了才开口，不过可能只是过去了一小会儿。我难以开口说话，嘴里就像是刮起了一场飓风。它一直在我的嘴里肆虐着，直到它终于消失后我才能开口。

"妈妈，再次讨论这件事情之前，先让我喘口气。"我说。我知道她一直对我很好，她提到的这个问题是我自己一手造成的，尽管这并不是我自己的选择。

我先走出房间，又走出我们家那个巨大的公月房间，沿着在地面上蜿蜒一千英尺的木头小径走了下去，回到了自己的房间。我的房间其实就是一块厚重的平台，坐落在二十英尺宽的树枝的拐弯处。我一头倒在了床上，就像一摞翻倒的空盒子，就像一堆倒下的摞得很高很高的湿盘子。

醒来时已经是晚上了,我的身体里响起了一种温暖的嗡嗡声。之前,我一直在做梦。

我梦到了他。

⁂

回到公用房间后,祖母同往常一样,正在腌制从我的那棵树上摘下的橄榄。这时,暮色正在渐渐变成夜色,墨蓝色的苍穹笼罩在我们头顶,周围环绕着一圈醒目的光环。从这一圈光环到地平线,颜色从各种醒目的暗色自然地过渡到了白色。我把凳子拖了过来,坐在长案台前面,面对着案台对面的祖母,看她娴熟地做着她数千年来每天都在做的事情。

"你得吃点东西。"她草草地说了一句,一边还在蒸腾的水汽包围中镇定自若地忙着手上的活计。

"奶奶,我吃过了。"我说。我不介意她这样刺激我,对母亲我就不是这副态度了。

"你试着去找他了吗?"她问我,眼睛根本没有离开手上的活儿。

"没有。"我撒了一个谎。在永生的情况下,爱情是一件复杂的事情。

"你找了,我知道。结果就是心痛,这是必然的,对吧?"

尽管是这样一副腔调,她投向我的目光却很温柔。

"我活得不够长,没来得及联系上他。"我说。我想起了我要寄给他的那个小盒子，那天早上我仔仔细细地把小盒子捆在自行车上，也是那天早上我穿梭在大街小巷，然后就死去了，又一次死去。

"这样最好。"她说。可是，她的语气让我觉得她不完全是这么想的。

也许是因为她希望我能改变她无法改变的事情？

家族里流传着一个传说：年轻的时候，祖母像我一样，试图找到前世的爱人。谁都没有勇气问她究竟发生了什么事，那些事让她留在了这里，不愿回到那个世界。数千年来，她等在原地，日复一日地腌制橄榄。

"奶奶，他是什么样的？"我问她。祖母冲着水蒸气笑了笑。

"他身材瘦小，皮肤黝黑，"她说，"是一个不怎么笑的牧羊人。在那个年头，我们不能自由恋爱，所以出于爱情而结合的机会很小。我还记得那种感觉，就像是我不知道他去了哪里，也不知道自己从哪里来。"

高窗外的夜色很平静，公用房间和平台卧室里的灯光在如大象一样厚实粗糙的树枝上洒满了斑驳的影子。在那些影子中，我看到了我们一起度过的一生一世的夜晚。经年累月的一个个瞬间，充斥着不停歇的沉默、呢喃、聊天、争论、吵架、呐喊、尖叫。我只活了三十六年，其中十八年是跟他一起度过的，那是我半生的时间。

祖母抱起九个装满的罐子，去了食品储藏室，她要把罐子放在那里，等着它们凉下来。我拿起一颗还没用盐水卤过的生橄榄，使劲琢磨着它。

这些东西就是我们去往每一世的通道，这些从我那棵树上摘下来的橄榄。

在我小的时候，我们各自吃着橄榄，等时间消磨够了，就从某一块平台的边缘跳下去，就像是跳进湖里一样。"捏住鼻子，跳吧！"

坠落的感觉很可怕，也令人痴迷。

我想我是在八岁那年第一次竭尽全力爬到了高处，一直冲到了一根树枝的尽头，然后纵身一跃，张开双臂，如同猎鹰一样在夏日的空气里俯冲下去，朝着大地，朝着即将到来的生命一头扎了下去，渴望从中寻找到所谓的"永恒"。

那种飞翔的感觉就像嘴里残留着的咸咸的橄榄味，那么有力，那么强大，那么势不可挡，趁着牙齿无意中松开的一瞬间，它就用它那柔嫩的果肉，让我的舌头沉沉地睡去。这就是我。没有了他，无论我的心有多痛，我都绝不会放弃纵身跳进生命的喜悦。

"奶奶，你相信有关凡人只要吃一颗橄榄就会发生一些事情的说法吗？"我问道。

就在这时，母亲走进厨房，分散了我们的注意力，祖母趁机回避了我的问题。

在我那棵树的树洞里，有人用古老的文字写了一些古老的故事。有些故事讲述的就是我们的族人为另一个世界送去橄榄的事情。他们说如果你给凡人一颗橄榄，他就能跟着你来到这里，变成跟我们一样的人。我的家人都认为这种说法完全不可信，你怎么可能把橄榄带到另一个世界去？显然，你出生的时候根本不可能随身带着橄榄。

母亲走了过来，温柔地搂住了我。我不好意思承认这种感觉很美好。

"你还好吗？"她问我，语气中透着浓浓的关切。

"很好。"我说。我没有搂住她，甚至都没有看她一眼。一时间，我的态度挫伤了她的积极性，于是她给自己找了一些活儿，从橱柜里拿出一些原料，无疑她准备给我做一些好吃的。

突然，手忙脚乱的她放下了手里的活儿，一动不动地站了一会儿，仿佛她的电池耗尽了。

"亲爱的，我只想让你知道，我对你回到人间的事情并不生气。我知道你爱那个男人，我明白你想回去，试着再跟他一起过日子。可是，这么做是没用的。你应该歇一歇，就像我跟你说的那样。"

"我们都是过来人。这种事情不容易，但是早晚你都会熬过来的。等熬过来了，你就能向前看了。"

我生气并不只是因为她是我的母亲，她知道自己是正确的，还因为她那么坚信一切只能是老样子。她的态度令我很恼火。她已经活了几百辈子，经历了那么多事情，现在依然站在这里，跟我说事情就是这样的，这就是我们的生活，向前看，熬过来。

"奶奶就没有向前看。"我说。话一出口，我就知道自己不应该这么说。

两个女人看我的眼神就跟无数母亲和外婆一样，就是当她们的女儿做得太过分的时候，震惊和愤怒之下她们看着女儿的那种眼神。

我接下来做的事情经典得令我甚至有些害臊，但是起作用了。

我怒气冲冲地离开了厨房。

在浓浓的夜色中，我爬上了巨大的树枝，在我的树上不停地向上爬去，想找到一个能痛哭一场、不受打扰的地方。没过多久，我就找到了原先那个树洞。结束了跟他在一起的那一世，重新回到这里后，我就独自一人在那个树洞里痛哭过。

就是在这个深深的洞穴里，我做出了决定——我不要有生以来头一遭地熬过来。就是在这里，我轻率地做出了回去的决定，回到沈阳去。就是在这里，我破坏了规则，想出了给凡间带去一颗橄榄的办法。

❧

我再次醒来的时候，已经是早上了。靠着大树光滑的内壁睡了一觉之后，我的脖子抽筋了，抽得很厉害。我从树洞里钻了出来，用手指摸了摸树上老早以前落下的刻痕，眺望着远方圆弧状的世界尽头。在远远低于树洞的地方，森林覆盖着大地，太阳照耀在森林上，露珠消失了，接近中午时分弥漫着尘埃的阳光在低处的树枝之间蜿蜒着。不知道为什么，我竟然振作起来，心情平静下来，于是我朝楼下走去。

所有人都在巨大的公用房间里吃着饭，房间位于时间的中央，就在我那棵幸福树的心脏位置。我闭上眼睛，听着各种声音：案板上放着几把刀，有人大呼小叫地要着盐，小小的脚跑到了饭桌前。

我想起他，想起那个小盒子，露出了笑容。盒子里装着我从树上摘下的那颗橄榄，盒子上写着他的地址，我每一盎司的心脏无不在努力地写着一封信，试图告诉他关于那只美轮美奂的鸽子将一份神奇的礼物送到我在沈阳的阳台时，我还记得些什么。

我想象着包裹躺在人行道上，被摔得有些皱巴。我想到或许有人会捡起它，将它寄出去，我知道注定发生的事情就会发生。

在房间的另一头，母亲露出了笑容，我也冲她笑了笑，尽管我本不愿这么做。

哥哥弟弟都坐在桌子前，之间隔着一段距离，他们正在吵架。我坐到了他们中间，他们随意地抱了抱我，然后继续争吵，就好像一切从不曾改变过。

11
一张桌子就是一个家庭的缩影

桌子
The Table

马哈德·海洛尔

我的父母相识的时候很年轻，结婚后生下我时还是很年轻。我是家里的长子，名叫马哈德，意思是"像金子一样"。我们过着艰辛的日子，因为父亲萨伊德（"愿意帮助人"）丢了一份又一份工作。他是建筑承包商，但在索马里，建筑承包商很难找到活儿干。我记得每当我生病的时候，母亲法杜姆（"自然之母"）就总是做大饼和鸡汤，还会给我喝加了糖的柠檬茶。我们没有桌子，索马里吃饭时的传统是席地而坐。

叛军来到我家的那一天，母亲和弟弟都不在家。当时，我正在自己的房间里学习，突然听到一阵吵闹声，有什么东西裂开了。我去了客厅，看到房门倒在地上，父亲在流血。几个妹妹和弟弟全都在客厅里，被一伙拿着武器、身材魁梧的男人团团围住。我想喊叫，可是怎么都喊不出声。我的心沉了下去。弟弟费萨尔（"王子"）、法哈德（"国王"）和妹妹伊汉（"星星"）、费索（"英雄"）、法杜萨（"天堂"）都在呼救。后来，叛军终于气势汹汹地走了，走的时候也把钱、母亲的首饰和所有值钱的东西都拿走了。我们去了祖父家，他安排我们去埃及。为了活命，我们逃走了，可是我们跟母亲和弟弟阿卜杜拉（"上苍之子"）失散了，他们留在了索马里。

我们在开罗住了四年。父亲一直在干活儿，时时刻刻都在忙活。当机修工，给别人做家务——他什么活儿都干，只要能养活家人。我们住在开罗的一个简陋的社区，不过我们的公寓里家居用品很齐全，我们有电视，有床，还有一台洗衣机。母亲和弟弟还在索马里，下落不明，那时候索马里正在打内战。同样来自索马里的绍克里（"甜蜜的"）跟我们家很熟，我们去上学的时候，她就帮我们照顾几个妹妹。我们过着太平的日子。我记得，在开罗的时候我们经常吃甜菜、豆子，有时候还能吃到米饭和牛肉，可是我们只能端着饭碗，独自吃饭。我们的厨房里有一张镜面圆桌，可是全家人从来不会凑在一起吃饭。

直到逃亡七年后，母亲才终于在波特兰跟我们团聚，弟弟阿卜杜拉在埃塞俄比亚，跟我们的姨妈住在一起，不过下个月他就要来美国了。在这里，我又多了一个弟弟，吉汉，他的名字是"乐园"的意思。现在，我们家有一张长木桌，桌面是石材的，桌子还配有八把椅子，足够全家人一起吃饭。晚餐时，我们可以吃配有肉丸的番茄汁意大利面。我们可以喝苏打水或者果汁，妹妹们可以喝牛奶。我是家里的长子，所以坐在父亲的旁边，两个妹妹和三个弟弟分坐在桌子的两边。他们尊敬我，从来不会坐在右面,跟父亲挨着坐。父亲坐在这张结实的长饭桌的一头,母亲坐在另一头,如果说我们家是一本书,那么他们俩就是我们的书挡。

桌子
The Table
苏珊·康利

我们的餐桌是圆形的,这张桌子是用树林里的一棵枫树做成的。砍树、劈木材、打磨抛光这些木工活儿都是当时住在河上游的一个朋友做的,那个人没有学过数学。

我的父母在很年轻的时候相识,这张桌子是他们共同拥有的第一件家具。1972年,由于脚踝出了问题,我驻守在田纳西州诺克斯堡[1]的父亲退役了。他回到了家乡缅因州。伍尔维奇原先居住着很多农民和造船工人,现如今居民主要是"回归土地运动"[2]的拥护者和反战人士。

---

[1] 诺克斯堡实际上位于美国肯塔基州路易斯维尔市西南约五十千米处,该州南部毗连田纳西州。——译者注
[2] "回归土地运动"指的是历史上不同时期出现的农业运动,核心理念就是小农场生活,提倡自给自足、本地经济自成一体,反对占主流地位的工业及后工业生活方式。——译者注

我们家坐落在一片长长的斜坡地的尽头。野火鸡漫步在森林里，那里还经常有鹿出没。有一阵，我们养了一些绵羊，这件事一直令我们很兴奋，不过到头来我们还是把它们吃掉了。

有一些事情对我来说很重要：那片森林可以让我们躲藏在里面；那条河的泥滩能像流沙一样把你吸进去，多了不起，又多可怕啊；此外就是那张桌子。

桌子的质地比较软。趁母亲不注意的时候，我用餐刀或者叉子的尖齿在桌子上刻下自己的名字或类似"到此一游"这样的字。

这张桌子足够我们四个人坐。我是家里的长子。弟弟喜欢吃肉，炖肉、猪腰子、牛排。我只能假装自己也喜欢吃肉。

后来，我又有了一个妹妹，桌子刚好够我们五个人坐。我们会吃意大利面，拌面的酱汁是母亲在炉子上炖了一天的番茄酱，里面还加进了香叶。我们还会吃炸鸡腿，鸡腿上裹了最美味的蛋糊，炸好后就被堆放在纸巾上晾凉。星期天的时候我们会早一点吃饭，吃烤牛肉。

我们总是一起吃饭。这张桌子有四条腿，高度也正好，当我在飞快地把椅子从桌子下面拉开站起来的时候，膝盖不会重重地撞到桌子。椅面是用一种绳子做成的，坐在上面令人有些痒。

"不要剩饭。"

"不吃干净，就不要离席。"

"这得花一些时间。正需要狗的时候,它又跑到哪儿了?掉在地上的餐巾又去哪儿了?诀窍就在于如何把软骨从盘子转移到自己的手里,然后再转移到狗那里。"

"帮我递一下盐。"

"帮我递一下黄油。"

"我还能再来一些牛奶吗?"

"我能搭车去青年会吗?"

我不记得我们还说过什么。

现在,这张桌子跟弟弟有几分相似了。弟弟的个头比较高,长着一头黑发。怎么会这样呢?为什么一看到这张桌子,我就能看到弟弟?我还能看到妹妹、父亲和母亲。这张桌子就代表着一个家,一颗跳动的心脏。

12
圣洁的母爱

突然
The Bump
达西·瑟菲斯

生活原本很简单，直到我突然变成了母亲。
我无法复原破碎的梦想。

我要当母亲了。
我紧张，郁闷，害怕，陷进一条隧道，无法脱身。
我藏在笑脸背后。
在好转之前，一切还会继续恶化下去。
坚强一些。
孩子能察觉到。
我的体内充满了本能。

椰子油也不管用。
我的身体不应该是这副模样：胸部、大腿和腹部都长出了妊娠纹。

我看看镜子里的身体,它仿佛遭受过猛虎的袭击。

我的母亲就经历过这一切。

没有她,我会不知所措。

祖母和母亲都不知所措,也都开开心心。

祖母在客厅里为我和孩子祈福,跳着肚皮舞。

母亲告诉我:"你现在有了一个孩子。我已经养活了四个孩子。这个孩子是你的责任。"

我是在夜里生产的,我不想叫醒任何人。

我冲了澡,宫缩的时候不停地扭动着臀部[1]。

到了早上,我再也熬不下去了。

救护车来了。

他们告诉我不要使劲,可我控制不住自己。

我们去了医院,十分钟后麦迪逊·埃米莉亚出生了。

我怀念怀孕的感觉。

我喜欢跟别人讲述生产的事情。

只有做母亲的人能理解这种痛苦,我挺过来了。

医院的病房服务非常好。

---

[1] 扭动臀部有助于帮助胎儿形成适合生产的理想姿势。

我吃到了樱桃布朗尼[1]、薯条和泡菜。

麦迪逊出生了,我再也无法保护她了。
她在我肚子里的时候,我还能做到。
我担心麦迪逊会死掉。
我梦见我的孩子变成了小鬼攻击我。
要是她出事的时候我不在她旁边,怎么办?

我给她穿衣服的时候她会哭,她拉粑粑的时候会噘起嘴。
我很讨厌半夜起来照顾麦迪逊,可是她不在身旁我又无法入睡。

我的情况有些糟。
难以集中精力做好一件事。
不知道现在该做些什么。
也许我会成为一名助产士。

我想说怀孕是一个错误,可事实并不是这样。

---

[1] 一种巧克力蛋糕。

夏日
Summer

莉莉·金

　　她在走廊里看着我,就好像我的母亲经常看着我的样子,就好像我本应知道将来会发生什么,就好像她失望得无法开口讲话。"我没法跟你说话。"我母亲会说,她用大手挡住了我,我内心渺小的感觉更强烈了。

　　有些日子我几乎已经忘记了,其中就有那一天,一个夏日。我先是看到两条光溜溜、胖乎乎的腿拼命地踢腾着,它们从一个小育儿袋里伸出来,背带交叉绑在她的后背上。我认得那个倾斜的后脑勺。孩子的叫喊声就像一把尖刀。另一个声音出现了,我把啤酒放在柜台上。我等着她注意到我。我们之间只有三英尺的距离,我的心剧烈地跳了起来,就好像它从前就常常为她跳动似的。我勉强听到那个老头说了声"五块一毛九",默不作声地把钱递了过去,我觉得还有几秒钟她才能看到我。可是,她瞟都没有瞟我一眼就走掉了。透过窗户,我看到她弯下了身子,她的身上压着重重的包裹,还有那个乱动的孩子。我一直盯着手中冰凉的啤酒。她将嘴唇紧紧地贴在了宝宝的额头上,柔软的唇就像桃子被擦伤的地方一样微微凹陷了下去,就好像那个孩子十分可爱，睡得很香甜，就好像她根本听不见孩子的呼喊，对孩子的踢腾也无动于衷，就好像那个宝宝无论犯多少错都不算过分。我想曾经也有人这样亲吻过我。她抬起头，把小指轻轻地放进孩子的嘴里，然后她们离开了。

13
难忘的时光

在丛林深处狩猎
Hunting in the Deep Woods

诺厄·威廉斯

缅因州流传着一句老话：要是你不喜欢现在的天气，那就等上五分钟。

我已经等了三个钟头了，外面还是冷得要命。这里太冷了，事实上，每呼一口气，嘴里就会喷出一团小小的白色水汽，最终水汽落在了安安稳稳放在腿上的那把枪上。水汽凝结在枪管上，让一小块地方变黑了。我用嘴巴呼吸着，这样呼吸声会小一些，至少听起来比用鼻子呼吸小一些。鹿对这些动静很敏感。

步枪上的小水珠已经冻成了硬邦邦的小珠子。水汽就这么消失了。这把枪有些年头了，上面落满了大大小小的伤痕，有的是被撞出来的，有的是被划出来的，这些痕迹证明这已经不是它第一次上战场了。大约六十年前，我的祖父就带着它出征过，用它打过很多次猎。在这样的天气里，尤其是在吐的口水还没落地就被冻住的天气里，老枪的表现总是更稳定。

在这里的十六年中，我遇见了很多真正的缅因人。不过，不是像政客们会见"真正的群众"那样。我见过农民、捕龙虾的渔民、木匠、暖气工,还有很多很多老师。缅因州的农民不穿工装裤,他们嘴里嚼着稻草,开着闪亮的绿色拖拉机从你身旁经过的时候会笑一笑。男人很坚韧,女人更坚韧。他们很卖力,一干就是很长时间,一天下来,比很多人整整一个星期干的活儿都多。他们的拖拉机不是那种由锃光发亮的大铁块组成的,也没有全球定位系统,而是笨重的老式"奥立弗[1]"拖拉机,上面缠着打包袋,还焊接着一块块补丁。捕龙虾和打鱼的渔民也都同样坚韧,或许比农民更坚韧。他们的行动取决于天气和潮汐的变化,他们在炎炎烈日下劳作,也在刺骨的浓雾中劳作。

提到严寒,坚持了九个小时的手炉在四点的时候终于冷却了。我的手指逐渐失去知觉,脚趾早就没有知觉了。随着太阳逐渐升起,林子依然万籁俱寂。一只小鸟在头顶上的松枝间蹦来蹦去,让林子显得更寂静了。

作为一个缅因人(不是那种每年六月才过来,一到九月就匆匆撤回佛罗里达的人[2]),你必须坚韧,还必须具备耐力和体力,这是我在其他地方都没见到过的耐力和体力。这不是由种族、性别、职业等所决定的。"缅因人"这个词就是这一群体的

---

[1] 农用设备公司。
[2] 缅因州是美国东北部最北端的州,冬天气候严寒。佛罗里达州则是美国最南端的州,属亚热带和热带气候。

最大特征。

我放弃了。我受不了了。全身上下暴露在外的部位原本被冻得生疼，现在变得热乎乎的，很舒服，还带着一种刺痛感。太阳缓缓地爬上树梢时，我吃力地穿过了一片铁杉树林，走到一片连续两年被砍伐的山毛榉树林里，大树东倒西歪地倒在地上，然后我就回到了运输木材的那条老路上。刚到拐弯处，我就看到一个徒步的人冲我挥了挥手，他也是猎人。

"打到了吗？"他气喘吁吁地说。我将他打量了一番，他戴着高档太阳镜，身上穿着干净的、印有黑色迷彩印花的亮橙色派克大衣，右手握着锃亮的步枪。然后，我又看了看自己这杆破旧的30式老步枪，心想我还穿着两条裤子。刹那间，我真希望我俩能交换一下位置。

"没有。但愿能打到。"我说。

对方哆嗦了一下。"老天爷，外面太冷了。真庆幸我没提早赶过来。"

我笑了笑。感谢这个清晨，感谢寒冷，感谢我和他的相遇。我最感谢的是此时此刻自己身处的这个地方。

The Story I Want to Tell

爸爸从我身旁骑了过去
When Dad Rode Past Me

刘易斯·鲁滨逊

我和爸爸琢磨着怎样才能一起度过一段美好的时光,我提议参加全程三百英里[1]的"穿越缅因州"自行车赛,从西端的山区一直骑到海岸。爸爸还从来没有连续骑行过几个小时,而且长期以来他一直抽烟,可他还是参加了比赛。在穿越赛之前的几个月里,我定期跟他通电话,问一问他训练得怎么样了。有一次,在一个阳光灿烂的周末即将结束的时候,他在电话里告诉我,他经历了一次不可思议的训练。他向我描述着一路上看到的一座座城镇,还告诉我他骑了多远。聊着聊着,我才突然意识到他骑的是那辆哈雷摩托车。

他的自行车是一辆车架上装了油箱的老"施文"海滩车[2],之前被丢在地下室里,上面布满了灰尘。我把他的训练情况一一记录下来,他不喜欢这样。他跟我说了几次:"咱们临场发挥不行吗?"我告诉他不行。之后他问我究竟需要多少训练,我会说需要"大量"训练,虽然我自己也不训练。

---

[1] 1英里约为1609米。
[2] "施文"是20世纪风靡一时的美国自行车品牌名。文中提到的海滩车稳定性好,但速度慢。

举行穿越赛的那个周末终于到来了，我说服爸爸穿上了莱卡[1]自行车短裤和鲜红色的自行车上衣，这样至少显得我们是专门训练过的。

直到现在，爸爸的那副模样依然历历在目。他在我前面，开始了第一天的又一段爬坡路，他脑袋上那顶宝蓝色的自行车头盔斜到了一边，裹着莱卡面料的臀部看上去瘦骨嶙峋，斑点密布的两条腿顽强地蹬着脚踏板。

我们到达了终点站法明顿[2]，比其他骑手晚了六个小时左右。当时，室外的气温是九十华氏度[3]。最快的赛手在通过前一百英里赛段的时候躲过了正午的柏油路，没有受到高温的煎熬。我和爸爸刚好赶在正午时分缓慢地爬着最陡的一段路。在保证不掉下车的情况下，你能骑多慢？非常慢。莱卡也拯救不了我们。

当一个人还不习惯骑行，却得在炎炎烈日下骑上十个钟头时，并不是一件轻松的事情。尽管如此，我们还是完成了比赛，最终靠着惯性滑行到了终点，当时太阳已经低垂了。我们僵硬地掠过公路边的一溜溜商店，朝市中心赶去。

自行车一路向前滑去的时候，我想到要是这一路穿着皮衣、

---

[1] 莱卡，一种纤维面料，高弹力、高延展性和高恢复性是它最大的优点，穿着舒适。
[2] 法明顿，位于美国康涅狄格州，在缅因州南部。
[3] 约为32.2摄氏度。——译者注

骑着爸爸的哈雷轰隆隆地开进山上的小镇，寻找一家美味的汉堡店该有多好啊。我恨死我们的莱卡骑行服了。我和爸爸一起感受缅因州的时光不该是这样的。我们更愿意待在餐馆、击球练习场，要不就在一家座无虚席的体育馆里观看篮球赛。

前方还有几英里的路，我们仔细地打量着路旁的情况，想找到一处能触手的地方。我们没有多少选择。我看到了一家建筑设备经销店，骑了进去，爸爸紧随其后。停车场的土路上停满了推土机和铲土机。爸爸骑到了一台机器前，把车靠在机器上，脱下莱卡短裤。当你很累的时候，你就不太顾得上礼貌问题了。

经销店的老板从修车厂的窗户里看到了我们，立刻冲到停车场，冲我们嚷嚷了起来。"你们这些浑蛋！"这只是他的开场白，接下来他骂的更难听了。我相信他一整天都在对付骑着自行车途经这里的人。

爸爸是一个对付起重型机械都游刃有余的人，一直为自己能够随时随地跟任何人搭上话的本事感到自豪，结果这一次他一声不吭地穿好了短裤。

我做了一个错误的选择，为自己的行为辩解起来，还向对方道歉。我告诉店主我们已经熬了一整天，脑子已经不太清楚了。他说他要叫警察过来。于是，我想跟他解释一下：我们以前从来不穿莱卡骑行服。我想摘掉头盔，脱掉骑行服，让那个人看一看我们也是正常人。可是，我结结巴巴地说不出一句完整的话，结果他冲我嚷嚷得更厉害了。还抄下了我们的参赛号。

我正在解释的时候,爸爸从我身旁骑了过去——他骑上车,又上路了。

后来,我原本打算向爸爸道歉,为了这件事情,为了多年来我害他经历的各种磨难。

没错,我应该道歉,尽管他可能并不想听到我的道歉。他不想把精力花费在这些小事上,只顾着感谢我们在一起度过的时光。

14
惊人的忍耐力

鬣狗
Hyenas

阿里·穆罕默德

　　我的祖母总是跟我说我应该怕狮子，但是用不着怕鬣狗。祖母就住在我们的村子里，她会帮我母亲做饭。在我的父亲去世前，祖母就去世了，不过我依然记得她给我讲的那些故事。她说见到鬣狗你绝不能逃走，因为那样它们会咬你；要是你不逃走的话，它们就不会咬你。我的兄弟姐妹都害怕鬣狗，可是我不怕。有一次，他们看到一条鬣狗在河边吃东西，那幅景象把他们吓坏了。

　　晚上，我们把山羊关进房子外的围栏里。一天早上，一条鬣狗跳进围栏，叼着一只山羊的脖子，跳出了围栏。父亲对我说："起来！去把偷了咱家山羊的那条鬣狗逮回来！"于是我跟着他跑了出去。我躲在一棵树的背后，等那条鬣狗从树跟前走过去的时候，我用一根棒子打中了它的腰，它倒在了地上。祖母告诉过我不要费心去打它们的脑袋。她说，就算把它们的脑袋打上一整天，也是白费力气，要打就打它们的腰。父亲递给我一把刀。他害怕鬣狗。接着,父亲说:"杀了它!"我照做了。那一年,父亲去世了,而我才五岁。

打那以后,村子里的人都来跟我说:"噢,你杀了一条鬣狗啊!"祖母跟我说过不要害怕鬣狗,所以我不害怕它们。我这么大的孩子竟然杀了鬣狗,这让大人都觉得很有趣——我竟然不害怕,他们认为我很勇敢。父亲也为我感到骄傲。

我的父亲是一个好人,个子非常高,有十或者十一英尺[1]高!唉,我不知道他究竟有多高,我也从来不曾问过他:"爸爸,你多高?"不过,当我们走在一起去海边或者镇子里的时候,他会牵着我的手,我总是得仰面朝天才看得到他。母亲说我会长得跟父亲一样高。

索马里有一个小村子,五岁的时候,我跟母亲、父亲、哥哥、弟弟,还有妹妹住在那里。村子里大约有二十五个农场。我们有一座木头搭建的圆房子,屋子里有两张睡觉的床。一张床是父母的,一张床是妹妹的,我和哥哥、弟弟睡在两张床之间的地上。父亲在附近的镇子上开了一家商店,商店里卖的是食物和肥皂之类的东西。每天,父亲都要花上好几个钟头往返于家和商店之间。早上六点钟他就出门了,直到晚上六点才回来。有时候,母亲会叫我去给父亲送午饭,我就独自一人一路走去商店,再走回来。有时候,我会选择另一条路回家,因为我喜

---

[1] 小作者在这里说父亲有十一英尺高,是一种夸张的说法。

欢穿过森林，可是父母叫我不要走那条路，他们觉得我会迷路，再说森林里还可能有野兽出没。可是，我从来没有迷过路，也没有在森林里碰到过可怕的动物。

我们的村子从来没有出过什么大事，这里很平静，直到那一天。那是一个星期日的夜晚。那天晚上的所有事情我都记得一清二楚。那是1992年的夏天，时间是凌晨十二点半。当时我们全都醒着，一伙扛着长枪的男人围住了我们的屋子，他们看起来像是军人。母亲说我们属于少数民族部落，那伙人在跟我们打仗，所以他们来到了我家。也有可能是因为他们看到父亲从城里的商店回来，以为他有很多钱。

那伙人里的一个人缺了一条胳膊，胳膊肘以下空荡荡的。他似乎就是指挥官，是那伙人里最坏的。他叫我们所有人从屋子里出去，躺在地上。他说："当家的在哪里？"三岁大的弟弟告诉他们父亲在茅厕里。少了一条胳膊的指挥官二话没说就冲我弟弟开了枪，丝毫没有犹豫。弟弟死了。士兵们走到茅厕那里，踹开了门。茅厕坐落在高处的岩石上，父亲没有退路了。

指挥官叫我父亲出来，等父亲出来后，他又叫父亲从岩石上下来。所有人一动不动。过了几分钟，指挥官对一个士兵说："你怎么只知道干瞪着那个人？干掉他！"于是，父亲也死了。母亲尖叫起来："为什么！"随后，一颗子弹打中了我母亲的腿。她活了下来，但受了重伤。

那伙人把能拿的东西都拿走了。他们拿走了我父亲经营店铺的钱，拿走了母亲的耳环，以及我们所有的好东西，然后他们就离开了。这时村子里的人赶了过来。十岁大的哥哥和一个朋友用一架驴车把母亲拉走了，去找人给她治腿伤。我想跟他们一起去，可是他们叫我待在村子里。一些村民把父亲和弟弟埋葬了。

哥哥带着母亲找到了医生，可是他们都告诉哥哥自己无能为力。这里做不了外科手术。叔父给了某个人一些钱，好让我的母亲能去肯尼亚的医院。叔父、哥哥和父亲的一个朋友送母亲去了肯尼亚，她在那里的医院里住了两三年。漫长的日子里，我一直很想念母亲。我跟妹妹住在村子里，妹妹烙饼，然后我们再拿着饼去城里卖。

等母亲回到索马里找到我的时候，妹妹已经决定搬到另一个村子去了，打那以后我们就再也没有见过她。她结了婚，生了两个孩子。母亲、哥哥和我搬到了哈加德拉，那是肯尼亚的一个难民营，我们在那里住了两年。我喜欢那个地方。我在那里交到了很多朋友，我们一起踢足球，我还上了学，学会了英语。

有一次，我和难民营的朋友聊起了自己的过去，他们都说不相信我杀过鬣狗的事情。他们都害怕鬣狗。一天早上，一大早他们就拉着我去了屠宰场，那一带总是有鬣狗出没。我叫他们给我一根大棒子，然后朝几条鬣狗跑了过去，有三四条凑在一起，我猛地俯下身子，抓起一条鬣狗的腿，接着就用棒子砸中了它的腰，就像祖母原先告诉我的那样。就这样，那条鬣狗死了。然后我拿了一根绳子,把它的腿捆了起来。朋友们说:"不可思议!"

那时我十四岁,住在肯尼亚的难民营里;现在,我十七岁了,住在缅因州波特兰市的梅里尔街。这是一个平静安宁的地方,只是有时候我的梦不太平静。来到美国意味着我的心会一次次重返故地,回到我讲述的那些故事里。母亲希望我能忘记那一切,可我怎么也忘不了。但愿有朝一日我能回到肯尼亚,在那里上大学。

现在,我已经跟父亲当年一样高了,不需要再证明什么了。

面颊骨
Cheekbone

伊丽莎白·吉尔伯特

想问一下,你见过鬣狗吗?

尤其是,你见过鬣狗的下颌骨吗?我见过一次,那时候我还在读大学,在一节动物学的课上。我们一个接一个对食肉动物的下颌骨进行了比较。当时,有人把一个鬣狗头骨塞到了我的手里。太吓人了。一个没有生气、没有气味、表面光滑的象牙色头骨,一头早就死去的野兽的头骨,尽管它一动不动,却还是十分吓人。令我感到害怕的不是那对獠牙（所有的食肉动物都有獠牙），而是颧弓夸张的形状。

你很有可能知道颧弓更通俗的名字——面颊骨。咬合需要用到的筋腱和肌肉组织不是穿过这块至关重要的小骨头，就是位于它的附近，所有动物的结构都是这样的。然而，鬣狗的下颌肌肉太大了，因此颧弓也大得惊人，这样才能跟它大得惊人的肌肉组织相匹配。这种独特的结构为鬣狗赋予的咬合力比"你的友好邻居[1]"花豹的咬合力大了百分之四十左右。鬣狗一口下去就能咬死一条大型犬，而狗脖子上的皮肤有可能都不会被咬破。顷刻之间，鬣狗就能咬碎长颈鹿的股骨，还能咬穿大象的腿。

所以说，阿里·穆罕默德只拎着一根棒子和父亲的刀就去追赶鬣狗的景象令我感到不寒而栗。一个五岁的男孩根本不该跟这样的动物打交道，无论他的祖母是怎么说的。

当年拿在手里的那个鬣狗头骨把我吓破了胆，时隔很久之后我读到了阿里的故事，而这个故事所蕴含的真正的力量在于，我逐渐意识到阿里最不担心的就是鬣狗的问题。令他担心的是那天夜里带着武器来到他家的那种人，那种杀死别人父亲的人，那种可能无缘无故就会开枪打死他三岁大的弟弟的人，那种可能冲他的母亲开枪，把她打成重伤，将她的耳环掠走——这个体现出人性的小细节尤其令人心碎——的人。

---

[1] 作者借用了漫威出版的漫画《友好邻居蜘蛛侠》(*Friendly Neighborhood Spider-Man*) 的书名。——译者注

接着，他写到了难民营，又写到他们颠沛流离到了一个白雪茫茫的新世界，最后写到永远结束不了的梦。

一个人怎么能承受得了这一切，尤其是一个那么年幼的孩子？或许是因为他长得比自己的父亲都高了，他永远知道自己是谁。他充分证明了自己的勇气，现在已经没有什么需要他去杀死、去抗争了。阿里·穆罕默德并没有使生存看上去很容易，但他的确使之成为可能。

最后再来说一说身体结构的问题：鬣狗的心脏大得不成比例，可以说比狮子的心脏大一倍。这样的适应性为鬣狗赋予了惊人的、甚至几乎无法想象的忍耐力。

有些人也是如此。

15
魔法和哈密瓜

哈密瓜
Cantaloupe

埃米莉·霍利迪

每一天我都穿着亮闪闪的红色牛仔靴。
有时候我甚至穿着靴子站上餐桌。
我假装自己在施魔法。
有时候我会叮叮当当。
问题是我的鞋底会变得黏糊糊。
谁都擦不干净哈密瓜淌出的汁水。

我总是擦干净我的哈密瓜！
我的家里有很多铃铛叮叮当当。
妈妈用铃铛召唤我们去餐桌。
她一摇铃，我就跑过去。我的牛仔靴
让我跑得飞快，几乎像是施了魔法。
我还要洗洗手，因为我的手总是黏糊糊。

我不在乎自己变得黏糊糊。

这只能说明我穿着我的牛仔靴,一直在疯玩。

我知道自己已经玩了多久。叮叮当当,

每过一个小时礼堂就会传出这样的声音。

在礼堂里,我们享用着哈密瓜,

猜猜怎么着?我们吃的时候没有坐在餐桌前,

而是围成一个圈坐在地上,聊着上天和魔法。

我不太相信魔法。

我只是喜欢一边吃哈密瓜

一边欣赏亮闪闪的红色牛仔靴。

每天我都要擦一擦,这样它们就不会变得黏糊糊。

你还记得我告诉过你我如何制造出叮叮当当的响声吗?

唉,只要一看到鞋印留在了餐桌上,妈妈就会冲我大吼大叫。

她说只有食物才能出现在餐桌上。

问题是,食物会让桌子黏糊糊的,尤其是哈密瓜。

我站在桌子上,假装自己是神仙,正使出全部的魔法。

真糟糕,神仙没有亮闪闪的红色牛仔靴。

看起来天上很整洁,整天听着叮叮当当!

我敢说你都不知道这个词是什么意思——叮叮当当。

我发誓它不是某种疯疯癫癫的魔法。

它的意思是铃铛声。就像在夏夜里，天气炎热又黏糊糊，

铃铛不会发出声响，我都不知道应该何时去餐桌，

所以我会吃哈密瓜

脚穿红色牛仔靴，站在运动场上。

你只需要一双靴子和一点魔法。

有时候一切会变得黏糊糊，这就是该回家的时刻，

站在餐桌上，

听一听叮叮当当，吃一块哈密瓜。

带着抹布的自画像
Self-Portrait, with Dish Rag

吉布森·费伊-勒布朗

有时候，到了晚上我会穿上褐色的皮靴

吃过晚饭，向众人告辞后离开餐桌

径直去读书。我需要魔法

在我的胸膛里跳动，需要那些声音——叮叮当当

响彻我的内耳。桌子大概黏糊糊的

因为没有人收拾他们的哈密瓜。

我痛恨妻子和儿子们的哈密瓜
在我听到那些叮叮当当
然后回到那张旧餐桌后
桌子上还放着干掉的瓜皮,果汁滴滴答答地落在皮靴上
埃米特说那是"作家之靴",因为它们会魔法
能让我长高,即使它们黏糊糊的。

指纹印在白色踢脚线上,木地板黏糊糊的
有干透的果汁,还有被皮靴踩碎的椒盐饼
靴子没有叮叮当当地
出现在我的脑袋里。我想掌管那个哈密瓜。
我想要完好无损的窗户,干干净净的地板和餐桌。
我希望房子自动打扫自己,就像是被施了魔法。

我知道房子不会自动打扫自己,就像是被施了魔法。
妻子和儿子们都觊觎哈密瓜
他们也都崇拜我,因为我穿着作家之靴,
可是所有人都太忙了,顾不上擦净黏糊糊的
地板,还有餐桌,
以便有人能狠狠地响上一阵叮叮当当。

还是我来吧——一张光滑的餐桌，

椅子没有被弄脏，墙壁不是黏糊糊的，

能够不停地告诉哈密瓜

我们都没事，这家人会魔法，

还有，瞧瞧我，一切尽在掌握中，只要穿上了皮靴，

就能让房子变得亮晶晶，就像叮叮当当

而其他人都在楼下睡觉，伴随着叮叮当当

梦见了小孩子和医生的魔法

这两样都会让一切再一次变得黏糊糊。

什么都比不过这张餐桌，

我们四个人坐在一起，还有哈密瓜

彻夜聊着天，很多时候我都没有穿皮靴。

我知道皮靴没有魔法，

而我黏糊糊的生活，在桌上和桌下，

叮叮当当，和着很甜很甜的哈密瓜。

16

真实的自我，独一无二的自我

小秘密
A Little Secret

密苏里·艾丽斯·威廉斯

这个女孩我认识。

可我和她之间隔着长长的距离

我在学校认识了她，

她总是出尽风头，

吐露出一个个小秘密。

她有着一头金色的卷发

结果

第二天

她又有了一头黑色的卷发。

被仰慕她的同学们围绕着，

她看起来快乐又骄傲。

可是，

我记得最清楚的

还是

她眼中那一闪而逝的
忧伤和孤单。
我在心里不禁感叹道：
"哇。"

解放女神
Goddess of Liberation

梅利莎·科尔曼

　　我希望自己能像塔拉一样。她有一头十分浓密的乌黑长发，棕色的肌肤，又圆又黑的眼睛。我只有一头短发，脸上还长满了雀斑。

　　塔拉的父母没有离婚，她的母亲长着一头蜜糖色的头发，笑起来美丽极了，她的父亲身材高大，很擅长数学，还有着西班牙血统。我的父母离婚了，我跟父亲还有继母住在一起。塔拉和我都是今年才搬到佛蒙特的。我们的父母都在这里的一所寄宿学校任教，因此我们入读了同一所学校。我俩都在七年级，一切都要改变了——再一次改变。我们都要变成十几岁的孩子了。

我俩待在我父亲的办公室里消磨时光，透过窗户能看到一片片田野，田野里还坐落着圆形的小山丘。我们在办公室里玩"大嘴青蛙秀"的游戏。这个点子是塔拉想出来的，她想当演员，这样她就能回到加利福尼亚了。

"主持人总是要用慢得夸张的语调说话。"她向我解释道。

"欢迎来到大——嘴——青——蛙——秀。"她抡着胳膊画了一个圈，做出嘴巴大张的样子，"真高——兴——你——能——来——参——加——我们的节目。"

没过多久，电视里就播出了一档名叫"大嘴青蛙秀"的节目，但是当时我们还不知道。接下来，塔拉和我都开始注意男孩们，并且把小秘密写到日记里。可因为父母离婚的关系，我的头脑总是很清醒。

"今——天，我们请到了一位特——别——嘉——宾。奶——牛夫人。"塔拉张大了嘴巴，慢吞吞地、夸张地说。我哞啦哞啦地拖着脚步走上了舞台，身上披着白色的桌布，说道："哞哞。"

我已经不记得自己为什么会扮演奶牛了，很有可能是因为当时我们住在佛蒙特，周围有很多奶牛的缘故。那些奶牛真可怜，它们全都是母牛，身材笨拙丑陋，眼睛迟钝。

小时候，那会儿我的父母还没有离婚，母亲还跟我们在一起，做女孩令我很开心，我留着一头长发，想穿裙子就穿裙子，打扮得漂漂亮亮的。那时，对我来说，做女孩意味着一切都是美丽的，都值得被爱。

可是，等父母离婚后，我跟父亲和继母还住在马萨诸塞州的时候，觉得如果自己是男孩的话，所有问题就都迎刃而解了。我最喜欢的书是《超级大间谍》，书里讲的是一个女孩总是打扮成男孩的模样，拿着一个本子，把大家的事情都记录下来。

我是谁？我只知道我想过中立的生活。这意味着安全。心理医生会说这种表现是受过虐待的症状，可是我对这种事情没有印象，只是模模糊糊地记得在父母离婚后，我一直对超出自己理解范围的世界感到恐惧。

"跟我讲一讲你——的——生活吧。当奶——牛——令你开心吗？"塔拉问。

我或许会说："不太开心。我得不停地生孩子，产奶。我会很胖，走路都会很费劲。"

在我看来，做女人就意味着生活在痛苦之中。我的母亲曾经坠入爱河，生了几个孩子，身材走了样，结果我的姐姐夭折了。随后，我的父亲离开了母亲，现在她自己一个人过日子。一切对她来说都不容易。她说自己累得都脱了几层皮。现在，我理解了，当初她是一个好妻子、好母亲，只是一直承受着痛苦，我的父亲是一个好父亲、好丈夫，只是他没有用特定的方式去爱她。她应该用那种方式爱自己。

作为女性，塔拉的母亲似乎很享受，她能够坦然接受自己的身体和周围的人，还有她的丈夫。她不去上班，她说她的工作就是孩子。她似乎一直很享受生活。塔拉和她的母亲不断让我看到做一个漂亮、充满女人味的女人感觉好极了，甚至很有趣！

"让咱们大声为奶牛夫人喝彩吧！现——在，欢——迎——我们的下一位嘉宾！"

有时候，塔拉也会为自己超重的问题发愁，她希望自己又高又瘦，就像她的姐姐一样。不过，她似乎还是很喜欢自己——即使在她的父母离婚的时候，即使她的父亲去世了。现在，我知道了她的那个秘密。

在高中和大学的时候，男孩们都喜欢追求塔拉，而我只会"无意中"把自己的自行车跟心仪的男孩的自行车锁在一起，这样他们才能注意到我。等到了二十多岁的时候，塔拉会穿着白色蕾丝婚纱站在加利福尼亚绿茵茵的草坪上，皮肤肯定洁白无瑕，乌黑的秀发如瀑布一样披在后背，而我肯定还在为又一段无疾而终的恋情而黯然神伤。

我肯定想说，这都是因为她比我更漂亮，她以前的生活更轻松。我肯定想要相信，我出了什么问题，我大大咧咧的，话太多，容易长青春痘，耳朵太大——各种各样的原因让我一点都不可爱。只要我相信这一切，这一切就是真实存在的，它们的存在就是有理由的。

时间突然就到了那一天。经过对内心的一番深入剖析后，我突然不再相信这一切了。我意识到一切讨厌的东西都是正常的，都那么艰难，又都那么迷人，一切都是人类共有的。我看着一个人的眼睛，结果发现我之所以害怕被别人看穿，只是因为我无法坦然接受真实的自己。

偶尔，塔拉和我还会追忆一下当年玩"大嘴青蛙秀"时候的美好时光，那会儿我们都还是少年，假扮着青蛙和奶牛，诸如此类的东西。现如今，我们都忙着应付自己的现实生活——丈夫、孩子、事业，可是我们都希望能让自己的人生变得有意义。

"顺便说一句，"塔拉说，"困扰你的很多事情都很接近那些让我的灵魂和自尊千疮百孔的事情。真想知道，要是当初咱们能把埋藏在心底的小秘密透露给彼此，一切会有多么的不同。"

成年人和十几岁的少年没有多少差别，只是看问题的角度不一样。每一天，我都不得不逼着自己爬出那个中立的外壳，走进可怕、无遮无挡、美丽、强壮的世界——那是独一无二的自我。因为，只有尊重并且向外界展示真实的自我，我才不会受到伤害。

哇！

17

不害怕，慢慢长大

光脚爬树
Climbing Barefoot

法杜穆·伊萨克

  小孩子出生后，要学习走路、吃饭、说话和玩耍。渐渐长大的过程中，我也学会了这些事情，但是对我来说，另外一件事情同样重要——我学会了爬树。树和我的身体合为一体，树的枝干就是我的四肢。我每天都要爬树。

  爬上树枝时，我感到自己很安全。我能爬多高就爬多高，然后就坐在树上，眺望着我唯一知道的地方——肯尼亚达达布的伊福。达达布是全世界规模最大的难民营，伊福是其中的一片区域，我就住在那里。伊福没有多少树，但是这片区域里住着很多人，男人和男孩要步行好几英里去捡木柴，留下妇女和女孩在家面对有可能发生的一切事情。不过，我住的附近有几棵树，每天我都要爬上去，其中有一棵树是最高的，我只爬上去过一次。

  对于我的遭遇，我从来不曾把错误归咎于那棵树。"要是那天没有上树的话……"我从来不会这么想。亲戚们都会这么想，可是在我看来，那件事情不是树的过错，也不是伊福的过错。我对伊福的了解就如同你背诵下来的一本书，当你在树顶上俯视下方的时候，难民营看上去像是一个好地方。我看到孩子们在玩耍。从树上爬下来后，难民营就变得一团糟了，只要一爬上树，我就感觉一切都还好。我从未想过树上会发生悲剧。可是，悲剧还是发生了。

那是一个火辣辣的午后，我第一次爬上那棵树，当时已经连续三四个月滴雨未下了。我走路去市场，买了一些糖。那时我只有五岁。回到家门外的时候，邻居把我叫到了他家。他那时候已经十二岁了。我从小就认识他。他的兄弟姐妹和住在 A-7 区的其他一些孩子都在他家的院子里。他的父母坐在屋檐下的荫凉地里。他说我不敢爬上他家院子里的那棵金合欢树，那可是伊福最高的一棵树。我还从来没有爬过那棵树。但是，我一点都不害怕。

我走到树跟前，脱掉凉鞋，爬了起来。母亲跟我说过永远要穿着凉鞋，可我还是喜欢光着脚爬树。脚触摸大树的感觉很美妙。我飞速地爬上了树顶。这对我来说很轻松。我坐在最高处的树枝上，看着大伙。没有一个孩子相信眼前的这一幕。用激将法挑唆我爬树的那个男孩说他不相信我真的是一个女孩，因为我看起来天不怕、地不怕。话音刚落，他也爬了起来。

一开始，我都没有注意到他。我还在冲另外一个孩子嚷嚷着。结果，他爬上来，坐在了我旁边的树枝上。他想让我害怕他和他的家人，因为其他人都害怕他们。我不害怕。我们都是人，凭什么我要害怕他们呢？

他对我说："你这么勇敢，你妈妈肯定很为你骄傲。"说完，他就把我推了下去。

就连待在A-4区的人都听到了我的尖叫声。后来，人们都说我从来都是一个安静的女孩，他们还从来没有听到过我发出那样的叫声。我父亲也听到了，他跑来找到了我，当时我就躺在地上。他抱着我回了家。等我醒来的时候，他就在我身旁，从头到脚给我洒着水。我想要爬起来，可是浑身上下——关节、骨头、皮肤——没有一个地方是不疼的。我动弹不了，只能躺在那里。

父亲冲着我念念叨叨为我祈福。他读了好一会儿。我睡了又醒，醒了又睡，最终还是醒了。我的脑子很糊涂，全身又很疼。他们带着我去了医院，医生们给我做了检查，真心想帮助我，可是我的骨折和关节断裂的地方太多了，他们也无从下手。他们不知道怎样才能治好我的病。

那一年，家人和我，我们都过得很痛苦。对于发生的一切，我们无能为力，讨不回公道。住在我们周围的人都很危险，我们认识的人中已经有很多人被杀害了。父亲常常外出找人帮我，一连几个月，他一直希望自己能够找到办法或者找到什么人帮帮我。一天，他找到了那个人，一位能通过灼烧骨折部位治病的专家。这是我们的老家索马里的一种传统医术。那个人来了。

我还记得他灼烧我的皮肤时我哭得很大声，哭喊着让当时就在跟前的哥哥过来："求求你，帮帮我！带我走吧！"哥哥哭了起来。母亲也哭了起来。

过了好几个月，烧伤的地方才愈合。疼痛成了我的朋友。它让我知道我的身体受了重伤，它让我保持清醒和愤怒。而它最大的作用是让我知道，我还活着。一天天过去了，我感觉自己一点点地好起来了。有一天，我能抬起手了；又一天，我能站起来了。终于，我又能走路了。

第一天不需要别人搀扶、独自站起来、迈开脚步的时候，我就走出了卧室，穿过院子，走到了一棵树的跟前。我已经几个月没有爬树了，但是我的身体依然记得如何爬树。我把赤裸的双脚踩在树上，伸出双臂抓住了距离我最近的树枝，我的大脑帮助身体用它最熟悉的方式向上爬去。我爬呀爬，仿佛自己根本就没有出过事，虽然我经历了那么可怕的事情。我爬上了树顶，再一次眺望着伊福，这时我的眼眶里涌起了泪水，这么久以来我第一次流出了喜悦的泪水。

我意识到自从上一次坐在树顶上以来，我的内心发生了很大的变化。现在，我在用一双新的眼睛看着一切，我变得更坚强，更有智慧了，和其他人截然不同。我眺望着自己住的那片区域，眺望着我们家的房子，我对那里太熟悉了，我知道接下来我还会碰到更多的艰难时刻，但是我已经有勇气面对所有的困境了。我也知道我的生活中会出现很多喜悦的时刻。当时我还不知道有一天我会离开难民营，跟家人搬到美国。

我低头看着自己的手，那只手上落下了一块灼烧的伤疤。我的两只手和两个脚踝上都留下了圆形的伤疤。身体表面有一块代表着内心伤痕的伤疤，有时候这种感觉挺好的。

椰子树
The Coconut Tree

贾德·科芬

在我母亲的村子里，有一棵孤零零的椰子树，那棵树长得超过了我们的屋顶，就像一根很高的旗杆一样。它可能有三十英尺高，树干是黄褐色的，很粗糙，看上去就像是能干活儿的大象的鼻子。在母亲小的时候，总是有往返于林地和伐木工宿营地的大象经过村子。那棵椰子树的最高处长着十来片薄荷色、手指形状的叶子，叶子下面隐藏着六七个外壳干巴的褐色椰子。不过，在已经枯死的褐色椰子中间，还有一颗绿色的椰子，也就是椰青。

在我小的时候，我们经常去那个村子，我对这些经历的记忆跟另外一段记忆混在了一起，那段记忆就如同一个流动的梦一样常常在我的脑海中浮现出来。就在我五岁或者六岁——也有可能是八岁——的时候,我越来越想找个办法把那颗椰青摘下来。

　　我也没有别的事情可做,那时我不太会讲泰语——至今还是一样——在村子里的时候我又无事可做,只能坐在家门口的台阶上,小口小口地喝着汽水,使劲地嚼着一包又一包撒了味精的方便面。有时候,我会跟村子里的男孩们踢踢足球,他们在我们小区的小巷子里转来转去,看上去就像一群群脸上生疮、到了晚上就睡在寺庙地上的野狗。我一直觉得这些男孩并不希望我跟他们待在一起,他们更想在我不在场的时候踢球。

　　除了妹妹和母亲,我在村子里就只能跟外祖父待在一起。外祖父和舅舅一家住在祖屋里,舅舅一家有两个女儿。外祖母在二十多年前就过世了,那时我还没有出生,她的骨灰被封存在寺庙的墙壁里,就在一块方形的瓷砖背后,瓷砖上还有一张她的相片。所以,外祖父总是跟我坐在门口的台阶上,一坐就是很长时间,削皮,切水果,凝视着远方,有时候用泰国人的那种方式叹口气。那种方式跟美国人叹气的方式有些像,只是音调更高一些,更接近动物的叹气,我觉得诉苦的意味没有美国人的叹气那么强烈。那种叹气介于叹息和哭泣之间,所以听上去没有那么可怜。

　　外祖父穿得就像村子里的所有老头一样:领子比较宽、有纽扣的衬衫,前胸的下方还有大口袋,裤管宽松的棉布长裤,裤腰在身前扎住。他穿着只有一根带子的皮凉鞋,鞋底板上深深地印着脚趾和脚后跟留下的印迹。外祖父还有一头浓密的黑发，他用某种油把头发梳成了背头。他的皮肤很黑，每当我试图回想他的模样时，我想到的总是一尊油彩厚实的柚木孔子雕像。直到现在，母亲的家里依然摆放着那尊塑像。

母亲总是跟我说外祖父懂医术，我不太清楚这个词在泰语里怎么说，我觉得类似于"mawthammachat"，就是"自然医生"的意思。外祖父有一辆紫色的自行车，每天早上我都会看到他把几十个空玻璃瓶装进车筐里。然后，他就骑着车去村子后面的森林。等晚些时候他回来了，瓶子里都装满了植物和叶子，还有树根之类的东西，他会用这些东西制作各种药膏。厨房的高处有一个架子，上面摆满了这些瓶子，瓶子的旁边摆着先人们的照片。有一张是外曾祖父的照片，有一次母亲告诉我，外曾祖父原先有一片香蕉种植园。架子上还有一张外祖母的画像，旁边摆的是一尊佛像和一小炉香。由于缅因和泰国之间的十二个小时时差[1]而难以入眠的夜晚，我有时候会坐起身，听外祖父在外祖母的画像前吟诵巴利经文[2]，焚香的气味飘进了挂在窗上的蚊帐里，我跟母亲和妹妹都睡在那张床上。到了上午醒来的时候，有时候我会看到外祖父就睡在一个木台上，身子下面只铺了一层草席，一只胳膊蒙在眼睛上，鼾声如雷。这个时候，

---

[1] 此处指夏令时的时差。
[2] 巴利文是古代印度的一种语言，通过佛经被保存了下来，是斯里兰卡、缅甸、泰国等地方的佛教圣典及其注疏等所用的语言。——译者注

一辆辆呼啸疾驰的摩托车正来来往往地穿梭在运河上的那座木桥上。

有一天，外祖父在森林里采摘植物，我决定爬上那棵椰子树。我没有跟母亲打一声招呼就离开了家，用两只胳膊抱住了树干，使劲地一点点往上爬。爬到几英尺高的地方时我滑下去了一点，然后又继续向上爬高了几英尺。突然，我感到有些害怕，于是我又滑了下去。

其中一个原因就在于我穿的是凉鞋——母亲总是告诉我和妹妹绝不能光着脚在村子里溜达，即使村子里的其他孩子都这样做。她总是跟我们说："地上很脏。你们会踩到玻璃，伤口会感染，脚会烂掉。"几年前，我们来到了这个村子，妹妹患上了黄热病，眼睛结痂结得都睁不开了，要不是舅舅在曼谷的国王医院工作，我想她或许就没命了。所以，也许母亲还在努力说服自己承认，这个她生活了大半辈子的乡村有可能会害得她两个体弱的美国孩子丧命。

我抬头望着挂在上面的那颗椰子，打定主意要再试一次。我刚一抱住树干，一群男孩出现了。他们把一个塑料足球踢来踢去，一边踢一边大笑着，还指着我。其中一个长得很好看、也是最会踢球的孩子冲我笑了笑，一脚踢掉了自己脚上的人字拖鞋，然后像猴子一样一扭一扭地爬上了树。他用一只手扯下了那颗椰子，然后把椰子朝树底下的伙伴们扔了过去。那些孩子都想接住椰子，可是谁都没有接住。那个男孩把椰子捡了起来，又递给了我。"想要吗？想要吗？不要吗？"他说。站在他身后的其他男孩全都哈哈大笑了起来。

"不。不要。我不想要。"我说。

那个男孩冲我笑了笑，然后把椰子丢在了地上。他和其他男孩消失在了一条小巷子里。

我捡起椰子，试图用我在市场上买的木头剑把它砍开，可是它的皮太结实了，剑又太钝了。在寺庙空地卖木瓜沙拉的几个女人看到了我，主动提出用她们的大砍刀帮我砍开椰子，她们经常用那种砍刀砍开青木瓜。我假装听不懂她们在说什么，拿着椰子走进了自己家的房子。

在等着外祖父从森林里回来的时候，我情不自禁地想到那个孩子想要表现的那一幕。于是，我光着脚走出了屋子，打算像他那样爬上树。刚一把脚踩到树干上，我就感到自己又变得很灵活，浑身是劲了，还充满了勇气。我爬到了很高的地方，守着小车卖木瓜沙拉的女人们都注意到了我，然后我就从树上滑了下来。我不太清楚刚才母亲去了哪里，她在村子里四处忙碌，村里人很需要她，尽管她只是一名护士，可是所有人都以为她有很多钱。不过，自由的时光太宝贵了，所以我趁机光着脚在村子里溜达了一圈。

我沿着运河溜达着，突然感到脚底板被尖利的东西划了一下。我抬起脚，大脚趾和其他脚趾之间出现了一道长长的伤口，血往外冒着，伤口处的表皮微微翻卷了起来，里面的脂肪也翻了出来。我朝四下里张望了一圈，看到了嘴上生疮、怀着小崽的母狗，离开了妈妈、有时候被丢弃在满得都溢出来的垃圾箱里的小猫，还看到在那一刹那似乎潜藏着一种潮湿污秽的危险、嗡嗡作响的世界。

母亲在家里等着我。她叫我坐下，然后用清水洗净了我的脚，她的手底下很利索，我看得出她的心里正冒着火，同时也感到担忧和不解。她把一条毛巾放在我的脚上，然后牢牢地抓住了我的脚，一边打量着自己曾经的家：一到雨季就很吵闹的铁皮屋顶；落满灰尘的窗台、桌子、蚊帐和收集雨水的大瓷瓶，收集到的雨水被用来冲厕所。这一切对她在另一种生活——远方的生活——中努力创造的一切都构成了威胁。在她的世界里，问题的根源与其说是人们对彼此不够忠诚，不如说是人们都在精心计算各自付出了多少。

外祖父从森林里回来了，装着植物和根叶的玻璃瓶在筐子里叮当作响。"啊！嗬！"他说。他挥着手让我的母亲让开，然后抬起我的脚，去掉了毛巾，仔仔细细地打量起了伤口。他看了看我，又看了看伤口，然后伸手从架子上取下了一瓶药膏。瓶子里装着一根长长的根，瓶子里的液体又绿又棕，看上去就像是沼泽地，瓶口有一个塞子。

外祖父用棉签蘸了一点药膏，轻轻地将药膏敷在了我的伤口上，他还把伤口撑大了一些，往深处也敷了一些药。他就这样不停地敷着，敷着，敷着，敷着，不知道为什么，我对那个下午的记忆就到此为止了,接下来的记忆肯定都是几天后发生的事情了。在敷药之后,我记得的就是伤口慢慢地愈合了,没有留下一点伤疤,也没有结痂。我不知道外祖父对我的脚做了怎样的治疗,也不知道那种药膏是用什么植物制成的,村子里再也没有人掌握那种知识了。我想甚至在泰国的农村地区人们也都没有多少兴趣让那种知识重新焕发生命了,毕竟我们已经有了更快捷的方式。我甚至不知道我对伤口那么快愈合的记忆是否符合事实。我真的不清楚。

不过,我想如果你记住了类似这样的事情——一个老人没过多久就在庙里的空地上被火化了,随着一缕黑烟消失在了雾蒙蒙的天空里,他的骨灰也被封存在了寺庙墙壁上的小隔间里,面朝着他的妻子——你的记忆肯定是有意义的。它代表着当时你必须明白的事情。对吧?它不可能无缘无故地一直停留在你的心里,永不消失。对吧?

我想起了母亲当时在生活中遭遇的各种创伤——文化的、爱情的、家庭的、语言的——我不禁想到,我对这件事情记得如此清楚,或许是因为我需要用年幼的我还无法理解的方式理解我们的生活。

几天后,记忆接上了:我坐在外祖父的身旁,那颗椰子已经被一把锈迹斑斑的大砍刀给砍开了,他为我演示了如何坐在那种像小凳子一样、但一头连着一把刀的木头物件上,我想那个东西叫"兔子",因为它看上去就像一只兔子,以前人们常常用它把椰肉从壳里挖出来。

"嗬！嗬！"外祖父一边说，一边用刀挖着椰肉，一片片白色的椰肉随意地滑进了一个浅浅的银盘子里。他又把椰子递给了我——"呸！呸！接着！"——让我自己试着挖一挖，然后他把椰肉也递给了我，对我说："Gin！ Gin！ Gin！"就是泰语里"吃！吃！吃！"的意思。

18

珍惜来之不易的幸福

希望的盒子
Box of Hope

格雷斯·怀蒂德

在日本西海岸的一个小村子里,一个纸盒在一位日本老人的手中诞生了,老人留着一把白色的长髯,眼睛底下布满了皱纹。在一根蜡烛的光亮下,他轻柔地折着纸盒。

纸盒的外表是荧光绿色,里面带有粉色和藏青色相间的方格图案。四片三角形的合页从里面伸出来,分别指向东、西、南、北四个方向,就像准备起飞的翅膀。盒子的底部是平的,大约有一英寸深,因为无论它将去往何方,它都必须保护得了里面的烛光。

夜深人静的时候,老人带着盒子走出了自己的作坊,朝海边走去。他在沙滩上跪了下来,海浪轻轻地拍打着柔软的沙子。老人的妻子是一个身材娇小但是意志坚定的女人,她跟在老人身后,手里捧着一根点亮的蜡烛。渐渐地,越来越多的人来到了沙滩上,一个接着一个。

村子里的人都带着纸盒来到这片海滩,以纪念自己失去的心爱之人，这种活动每年都会举行一次。立在盒子中央的蜡烛代表着每一位逝者。老夫妇来这里纪念他们在五十年前因病故去的女儿，小女孩离世时只有七岁。

老人的妻子跪在他的身旁，将蜡烛放在了纸盒里。其他人也都在海边一字排开，做着同样的事情。然后，村民们把小盒子放进了大海，盒子中央闪烁着烛光。

他们都站在那里，手拉着手，望着随着潮水渐渐远去的烛光。最终，一个个纸盒连同烛光都消失不见了，村民们也就一声不吭地散去了。在送走纸盒的同时，村民们也释放了由于失去所爱之人而产生的悲伤和遗憾，重新点燃了希望。

老人的盒子漂离了日本的海域，最终搁浅在了远方一片柔软的白色沙滩上，一个小女孩发现了盒子。女孩的父母刚刚离婚了，她对未来的梦想彻底破灭了，她觉得父母是因为自己才分开的。

每天，女孩都在自问当初自己是否能够做些什么，让父母还能在一起。女孩的父亲注意到女儿近来似乎心神不安，便带着她外出度假。小女孩沿着海滩散步，突然闪过的一抹荧光绿引起了她的注意，那抹绿色跟一团海草缠绕在了一起。女孩跪下来，极其轻柔地捧起了盒子。

蜡烛早已熄灭了，纸被风吹雨淋得也有些破烂了，可是女孩认为这是自己有生以来见过的最美丽的东西。她稳稳当当地把小盒子放在手心里，小盒子竟然走了这么远的路，这令她感到惊讶。纸盒那么小，那么脆弱，可是它还是来到了她的身边。小女孩相信就连一个盒子都能熬过这段旅程——即使它经历了风雨、变得有些残破——那么她也能熬过自己面对的一切艰难险阻。她用双手捧着盒子站起身，面朝冉冉升起的太阳，她的心里又鼓起了勇气。

小女孩转过身，跑回了她和父亲住的海边小屋。她一把推开房门，纸盒依然被她紧紧地抓在手里，她来到了父亲面前。小女孩哭着说她为父母离异而自责，父亲向她保证说这件事情不是她造成的，无论她做什么都无济于事。

过了几个月的时间，再加上父母一而再再而三地向她解释，小女孩终于相信无论自己做什么，父母都不会在一起了。她觉得自己已经不需要那个纸盒了，但是无论走到哪里，她还是会把纸盒放在自己的身边。后来，小女孩长大，恋爱了。她和心爱的人结了婚，很幸福，几年后她生下了一个男孩。

小男孩的腿脚有残疾，腰以下的部位都瘫痪了。他的心脏也有些衰弱，功能不太正常。他在干净、洁白的病房里度过了一天又一天，窗户跟前放着他的轮椅，他的胳膊上永远插着静脉注射的管子。小男孩看着窗外幸福的孩子们走在大街上，他诅咒自己这双残疾的腿。

重新点燃希望的时候到了。小男孩的母亲将那个纸盒交给了他。小男孩好开心，没有朋友来医院探望他，他自己又无法走出医院，所以这个小盒子就成了他和外面的世界之间最重要的联系。

小盒子已经又旧又破了,原本鲜艳的颜色已经褪掉,但是小男孩的母亲自儿时起就一直悉心地保护着它。小盒子看上去就像是当年创造出它的那位日本老人,边缘处有些残破,可依然那么坚挺。小男孩轻轻地将小盒子捧在手心里,他一遍又一遍地感谢着母亲,发誓自己绝不会丢弃它。

最终,小男孩接受了手术,羸弱的心脏被治愈了,他有生以来第一次离开了医院。小男孩坐在轮椅上穿过一道又一道门,一路上他始终把小盒子放在自己的腿上。第一次去上学的时候,其他孩子都直勾勾地看着他。当他自己摇着轮椅穿过走廊的时候,同学们都在窃窃私语,他几乎有些想要回到医院的病房,自己一个人待着,那样就不必被人议论。

老师问了一个问题,他一下子就想到了放在家里的那个纸盒,于是他第一个举起了手。在他的身后,同学们悄声议论着。"你以前见过新来的那个男孩吗?"他们令他打起了退堂鼓,可是一想到放在五斗橱上的纸盒,他又昂起了头,毫不理会周围的窃窃私语声。

吃午饭的时候,希望的曙光终于出现了。跟男孩同年级的一个女孩轻手轻脚地坐到了男孩的对面。女孩是亚洲人,长着一双充满善意和热情的黑眼睛。她向男孩做了自我介绍,男孩笑了笑,这是他在这一天里第一次露出笑容。女孩是目前唯一一个跟他说话的同学。

他们成了好朋友，终于有一天，男孩把那个对自己而言意义非凡的纸盒拿给女孩看，女孩看到纸盒那么旧，那么破，便问男孩是否愿意让自己教他叠一个新的。男孩急不可耐地点了点头。

这天将近傍晚的时候，男孩的手心里稳稳地放着一个新的纸盒。纸盒的里面是淡粉色和淡橘色相间的，外面是亮粉色的，就像婴儿的肌肤。它就像一个婴儿呼吸了有生以来的第一口气。

拉雪橇，添柴火
Pull the Sled, Feed the Fire

戴夫·埃格斯

白雪皑皑、线条柔和的小山，落着一团团奶油状的松树，空气纯净得让每一根毛细血管都得到了净化。就在如此美好的冬日风光里，男人却在咒骂妻子和岳母。岳母说这段路很轻松，只有一英里左右，妻子也默默地对这种说法表示了认同。可是，这段路远远超过了一英里，因为他们——岳母没有跟他们一起上路，她待在家里，享受着温暖——在吃力地爬着一座陡峭的山，一座极其艰险的山，而且此时正值十二月，地上的积雪有五英尺深，他们都穿着雪鞋。此外，男人还背着四十磅重的行李，身上还套着挽具，就像一头骡子一样拉着雪橇，雪橇上坐着他那两个年纪尚幼的孩子。两个孩子总共重七十磅，雪橇重十磅，行李重四十磅，也就是说他在拉着大约一百二十磅的重量爬山，脚上穿的还是雪鞋。他的心脏怦怦跳着，那种感觉很陌生，好像是在告诉他心脏就要炸开了，他会死在这里，死在这座山上，当着家人的面，就在前往圆顶帐篷的路上。

他们为什么要在十二月中旬徒步前往那顶帐篷呢？因为岳母说这段路不仅风光美丽，而且爬这段山路完全是小菜一碟。岳母来自瑞典的一座农场，很有力气。"很容易。"岳母带着自己特有的口音对他说，她的口音虽然好听，却很偏激。对她来说什么事情都很容易，因为她从小就生活在农场里，套奶牛、宰割牲口家禽、每天滑着雪橇走很远的路去上学，一路上会见到野猪、在冰面上打鱼的人，还有犹太女孩躲避纳粹的农舍。

所以，男人气极了，气她的勇气，也气她对这种费力的事情满不在乎的态度。这有可能会害他送了命。他觉得自己可能会死在这里，就在拉雪橇的时候，年幼的孩子将眼睁睁地看着他倒在雪地里，看着他紧紧地捂着胸口，仿佛想攥住自己炸裂的心脏。他们当然没办法拯救他，此时他们距离最近的医院也有二十英里远。他们只能把他埋葬在这里。

他停了下来，回头看了看孩子，他们在吃雪；他又看了看妻子，她在调整自己的雪鞋，那双鞋又旧又破。她的母亲说那双鞋没问题，其实根本不行，现在——谢天谢地——妻子也开始抱怨了。所以他停了下来，等着自己的心跳慢下来，在寒冷的空气里喘着气，打量着爱达荷壮丽的风光。他们此时身处山区，斜坡地上散布着三十英尺高的松树，偶尔还有一两块岩石露出地面，视线之内看不到人影，一切都是白色的。雪很深，排列成了洛可可风格的曲线造型，就像是用勺子豪放地甩下来的一团团奶油。

天上飘起了雪。男人转头对着前方，又上路了。他发现自己大约走上二十步就得休息一下，他的心脏就如同水桶里的鱼一样噼里啪啦地拍打着他的胸骨。休息的时候，他一言不发，一旦开口，他肯定又会咒骂。

男人继续往山上爬去，没过多久小路就拐进了一片松林。之前他拿到了一份前往帐篷的地图，可是地图并不完整，小路前方有一个岔路口，地图没有为他指明方向。他咒骂起了绘制地图的人。要是他得拖着这一百多磅的重量绕远路，或者碰到更糟糕的情况害他原路返回，把这段路走上两遍的话，他就要找到绘制地图的人，把这个人揍一顿。

他们继续爬山。小路越来越崎岖，孩子们跌下了雪橇。男人卸下胸前的挽具，把孩子们抱起来，又把他们放回到了雪橇上。现在，两个孩子的脸被积雪打湿，冻得通红，他知道自己必须加快速度，在两个孩子冻僵之前赶到帐篷，孩子们太弱小、太无助了。

雪下得更大了。男人走了三十步后又停下来。他擦掉了脸上的雪。他们又走了三十步,然后进入了松林。在森林里,路更难辨认了,面对一棵棵松树,小路似乎消失了。男人只能连蒙带猜地继续往前走,这么走下去太可怕了,孩子们都打着哆嗦,他的心脏又在试图逃出胸腔。终于,他们看见了一顶帐篷,可是喜悦只持续了片刻,那不是他们要去的那顶帐篷。他们继续赶着路。男人汗流浃背,此时室外的气温只有二十华氏度[1]。他们又路过了几顶帐篷,这些也都不是他们的帐篷。偶尔,他们会看到摩托雪橇留下的轨迹,男人气自己没有开口让帐篷的主人们用摩托捎他们一程。他们选择装备的时候,提供装备的人为他演示了如何像给骡子套上轭具一样用挽具把自己套在雪橇上,当时他们也建议他改乘摩托雪橇,可是他觉得岳母说得没错,他能走下来,路不算远。

现在,路看起来非常远,太阳已经开始下沉了。男人知道要是天黑之前仍旧距离目的地很远的话,他们就找不到帐篷了。那样的话,他们就彻底没有希望了。他们有手电筒吗?他不记得了。天色越来越黑,黑得很快,树林也变得稠密了。眨眼间,太阳消失了,只剩下一点残存的阳光,非常微弱。他们知道不到地方他们不能再休息了。

森林变黑了,一棵棵树变得影影绰绰。前方东侧似乎有一顶帐篷,结果那只是一棵被砍倒的树。小路已经看不见了,落

---

[1] 约为零下七摄氏度。——译者注

下的雪已经把路抹去了。他们只能沿着直线前进，不再依靠地图。那地图竟然说那顶帐篷就在正前方。两个孩子开始担心天色彻底黑下来怎么办——马上就要彻底黑下来了。男人也在担心到时候怎么办，但他还是说马上就到了，自己很有把握。其实他并没有把握，但是几乎就在谎话一说出口的时候，他看到了。

那里有一顶帐篷。他们看到了帐篷上的编号，跟他们租下的那顶帐篷的编号一致。他们来不及庆祝。孩子们的脚又冷又湿，他们得先把火生起来。帐篷里有一个老式的大肚炉子，还有一堆柴火。男人开始生火，女人和孩子脱掉了身上的湿衣服。男人和妻子摸了摸孩子的脚，他们强忍着没有惊慌失措地叫出声。孩子的脚已经被冻僵了。他们得赶紧把火生起来，不然两个孩子情况堪忧，尤其是小一些的那个孩子，他才三岁大。

炉子点着了，可是帐篷里没有被烘热。火似乎只能烘热圈住它的铁皮。于是，他们围到了炉火周围。男人把孩子的脚凑到了炉子跟前。他和妻子抓起孩子的小脚，轻轻地揉着。那小小的脚指头太冰凉了。

很快，炉火咆哮了起来，热量烘热了帐篷。孩子的小脚恢复了正常的体温，暖和得已经能穿上干透的羊毛袜了。小脚丫没事了，孩子们也都还好，全家人这才打开行李，打量起这顶帐篷。帐篷里有两张蒲团，现在蒲团都被折成了沙发椅的形状。还有一个书架，上面放着一些游戏——海战棋、滑道梯子棋。

孩子们一边吃他们带来的薄脆饼干,一边玩起了游戏,他们的母亲在煮雪,这样他们就有喝的了。她往一口跟大水罐一样大的锅里装满了雪,却只煮出来了几勺水。

所有人都在忙着,火也燃着,男人现在就得出去把窗户上的盖布放下来。这顶帐篷有三扇大大的塑料窗,每一扇窗户都挂着一块重重的塑料布,他得把塑料布放下来,这样才能让帐篷里更暖和一些。男人是一个懒汉,从不吸取教训,没穿雪鞋就走了出去,结果一下子就后悔了,他的脚陷进了四英尺深的积雪里。这时,他已经来不及穿上雪鞋了,即使穿了也没有什么意义。所以他还是绕着帐篷走了一圈,尽快把窗户上的盖布放了下来。在这个过程中,他的脚湿透了,还冻得冰凉。他不得不钻进帐篷,这一次他要暖和暖和自己的脚。

男人把湿袜子搭在炉子上,发现很快袜子就被烘干了。他又把孩子们的袜子也搭在炉子上,孩子们的袜子很快也干了。儿子的外套湿了,于是他把外套也搭在了炉子上。他觉得现在一切都井井有条,帐篷里很温暖,于是他坐下来,跟孩子们玩起了游戏。他们玩着游戏,一想到为自己创造了这么适宜的环境,就感到心满意足。

可是,儿子咳了起来,女儿也咳了起来,妻子的眼睛湿润了,他的喉咙有一种灼烧感。出什么事了?男人看了看炉火,看起来没问题。烟道破了?帐篷里满是烟气。妻子冲到门口,把门打开。可是,作用不大,空气里还是弥漫着刺鼻的烟气,男人和妻子手足无措。他们把孩子带到门口，将他们的脑袋推到门外，让他们呼吸几口新鲜空气。很快，他们全都站到了帐篷外，天很黑，气温最多只有十五华氏度[1]。男人回到了帐篷里，他想看一看自己能否查明炉子究竟出了什么问题，之前还好好的，怎么突然就在帐篷里喷出了这么多的烟气？

他看到了外套。外套就放在炉子上面，这会儿正冒着一缕绿色的浓烟。他一把抓起衣服，发现已经有一半熔化在了炉子上，因为衣服是塑料做的。帐篷里的烟雾是有毒的气体。男人拿着外套，将它丢到了帐篷外。他的家人全都待在外面，他知道这一切都是他的错。他怎么会不知道塑料外套不能放在热炉上呢？

话又说回来，谁会用塑料做外套呢？他们全都来到了帐篷外，孩子们的咳嗽声让男人和妻子突然感到了内疚，他们悄悄地互相看了对方一眼，两个人的眼神都那么慌乱。每过一段时间，他们就进帐篷看一眼，看看烟气是不是还那么致命。十分钟过去了，二十分钟过去了，他们在帐篷外面，在黑暗中不停地活动着四肢。他们听到远处有一只猫头鹰警觉地啼叫着。头顶上，雪花无精打采地穿过他们上方紧紧交错在一起的树枝，落了下来。

终于，他们可以进帐篷了。他们进了帐篷，但是没有关门，

---

[1] 约为零下九摄氏度。

只是守在门跟前。他们大口地呼吸着爱达荷的夜晚洁净的空气，期望着能在帐篷里睡上一觉，可是炉子刚刚还释放着毒气。没有人告诉男人他是一个傻瓜，就连他的妻子也没有说。无需别人告诉他，这已经是不言自明、不容争辩的事实了——再差几分钟，他就会害得家人窒息而亡。

终于，帐篷里的空气干净了。男人和妻子深深地吸了几口气，确定空气里的确没有化学品的气味了，才满意地关上了门。他们做了饭，孩子们很快就把饭吃完了，吃得很干净。

男人和妻子摊开蒲团，把两张蒲团拼到一起，然后把厚实的床垫拼成了一张大床。他们找到了一本给小孩子看的书，书里章节很多，他们读了一个令人费解的民间传说。读完书，炉火已经熄灭了，男人不得不用引火柴和圆木重新把火生起来。炉子吞噬木头的速度远远超出了他的预期，他发现每过一刻钟自己就得添一次柴火。他不知道大家都睡着后该怎么办——怎样才能保证足够高的温度？

很快，他就有了答案。等孩子们都入睡后，孩子们的母亲也打算睡了，男人坐在床边，守在炉火跟前，又添了一次柴火。男人和妻子安排孩子们睡在床的另一头，远离炉火。两个小家伙睡觉的时候总是滚来滚去，夫妻俩可不想让孩子滚到炉子那里，烧到自己。现在，孩子们离炉火远远的，男人又开始担心他们的保暖问题了。距离炉火每远上一英尺，温度就会下降十华氏度。

为了让火一直烧下去，男人就得不停地往炉子里添柴火。不久前他读过有关巴基斯坦孩子的故事，由于一场他叫不上名字的军事冲突，那些孩子成了难民，他们在夜晚的寒气中被冻僵，结果在睡梦中死掉了。男人有一种感觉，这种事情也会发生在这里。要是他睡着了，炉火熄灭了，他的孩子……他距离炉火还近一些，孩子们可是距离门更近一些啊。

于是，他决定不睡了。现在是十点钟，再有八个小时就会迎来第一缕曙光了。等得不算久。反正明天他们也没有什么重要的事情，他可以等天亮再睡。

他添着柴火，聆听着世界。炉火嘶嘶地发出了饥饿的信号，孩子们刷刷地在睡梦中翻着身。外面刮起了轻风，砰地响了一声。可能是一头野兽，也可能是一根落下的树枝，男人意识到应该是屋顶上的雪被风吹动，掉落在了地上。砰砰声响了一整夜，风穿过树林，如同一头捕食的动物一样充满活力。

时间过得很慢。男孩的脚从被子里伸了出来，男人凑过去，把儿子的脚又塞回到被子里。女孩的胳膊从被子里伸了出来，男人把女儿的胳膊也塞了回去。男人久久地打量着帐篷里的一切，他已经将这一幕牢牢记在了心里——粗糙的厨房案台，煤油灯，旧旧的小说，当地的报纸，妻子和孩子的面庞时而是橘红色的，时而是粉红色的，他们全都安详地沉浸在睡梦中，他们全都觉得火会继续燃烧下去。

让炉火烧得很旺这项工作很简单，但是感觉很好。最好的工作就是你知道它是必不可少的，而且也在你的能力范围之内，是你能够完成的工作。给炉火添柴火就是这样的工作。男人知道——或者说相信——自己必须整夜添柴火，不然孩子们就会冻坏；他也知道太阳一出来，自己的工作就结束了。他能完成这项工作，他也会完成这项工作的。

尽管如此，他还是时不时地睡了过去。第二次醒来后，他想到了一个主意，他觉得这个主意很聪明。他给炉火添了柴火，然后脱掉衬衫，躺下来背对着炉火。他的想法是一旦炉火将要熄灭，他赤裸的后背就会感觉到温度骤然降低，他就能醒过来。要是盖着毯子，等他意识到温度降下去的时候可能就太迟了。

这个主意很荒唐，但是见效了。只要温度骤然降低，他无遮无盖的后背都能感觉到，每一次醒来的时候，他都要给炉火添一添柴火，然后再倒头睡上半个钟头。

他就这样熬了一夜。在凌晨三点醒来的时候，炉子里噼啪响了一下，一声很大的爆裂声，是里面的木柴自动改变了一下位置，此后他就再也睡不着了。他觉得能不能睡着也不重要了。他看着家人都睡得那么沉，每个人的四肢都以各种方式伸出了被子，随即他把他们的胳膊或者腿重新塞回被子里。然后他又回到炉子跟前，打开炉门，查看里面的情况。他盯着炉火看了一会儿，想起了一个跟他一起读了高中和大学的同学，那个同学曾经向他透露过一个秘密，说有一种生物跟人很接近，但是个头只有昆虫那么大，它们就住在类似这样的火焰里。那个同学说只有他能看到它们，但是它们绝对是真实存在的，它们在火焰里住得很满意，就住在余火未尽的木头里。男人不禁想知道这个先知式的同学现在变成什么样子了，他就这样想着又躺了下来，凝视着帐篷的天花板，听着积雪在屋顶上一点点改变着结构。

天亮时，他睡了大概三个钟头，每二十分钟醒来一次。他很疲惫，但是又很兴奋。家人也都醒来了，开始收拾帐篷。在家人洗漱、穿衣、烧水的时候，男人注意到帐篷里有一张字条，提醒住宿的客人把柴堆补满，住宿期间用掉多少柴火，就补上多少劈好的木柴。于是他去了帐篷外面，掀掉了柴堆上的防雨布，又找了一把斧子、一块楔子和一个圆形的木敦。他把第一块圆木放在木墩上，举起了斧子。斧子落下的时候，利索轻松地劈开了圆木，他觉得那种速度和轻松程度只有高台跳水能媲美。脑袋撞击到水面，斧子劈到木头，都是刹那间强烈地震了一下，之后的动作就很流畅、迅速了，感觉就像生命本身。男人继续砍着圆木，一劈四瓣，他觉得这把斧子是他这辈子用过的最顺手的工具。木柴终于劈够了，足够补上他为了让孩子们活下来而烧掉的木柴了。

太阳越升越高，白色的光芒穿过树林和冰雪洒了下来，男人又是汗流浃背，但是这一次他很开心。他走进帐篷，喝着并不好喝的咖啡，和家人聊着他们差一点就在帐篷里窒息的事情，还说他太愚蠢了。

他们又穿上了雪鞋，然后他把孩子们抱到了雪橇上。妻子戴着一顶厚实的羊毛帽，看上去容光焕发，两个孩子看上去傻乎乎的，一副不谙世事的模样，男人也假装自己在前一天夜里参加了一次秘密冒险行动，一项需要他发挥特殊技能、靠毅力才能完成的至关重要的任务。他们锁好了帐篷，然后男人把挽具套在了身上。这个清晨干燥，温暖，阳光灿烂，天空湛蓝，接下来都是下山路，男人相信自己这辈子还从未经历过如此美好的一天。

19
学会告别

父亲有一群忠诚的鸽子
The Faithful Doves of My Father

阿奇拉·沙拉夫亚尔

在喀布尔的时候,父亲在房子后面养了一群鸟——大约十五只漂亮的白鸽。从我记事时起,他就已经在养那群鸽子了。父亲对它们的喜爱超过了对家里任何一个人的喜爱。喂食、清理鸽舍的人都是他,鸽舍有一个小房间那么大。他会钻进去,跟它们说说话,还会轻轻地发出鸽子的叫声,鼓励它们进食。他还给它们的脚踝套上了小小的脚环,这样一来,我们吃饭或是坐在那里聊天的时候——就像任何一个家庭到了夜晚过的那种生活,就会听见鸽子咕咕地叫着,脚环也叮叮当当地响动着。

我很喜欢帮着父亲照顾鸽子,那时候我的年纪很小,六七岁的样子。我很喜欢鸽舍里的那股气味。我喜欢钻进鸽舍,帮着父亲把种子撒在地上让它们吃,或者从家里给它们拿去一些面包。姐姐们从来不会钻进鸽舍,我总是跟父亲一起进去。他去朋友家的时候,我也跟着他一起去。有时候,我还跟他一起坐公交车去上班,他是一家人力资源公司的经理。每逢星期五,父亲都要去做礼拜。有时候，他还会带上我一起去。我从来不做礼拜。我只是到处逛逛，在外面玩玩水，要不就照一照镜子——那里到处都挂着镜子。

1992年，战争爆发了，我们的生活改变了。父亲不再去做礼拜了，那里已经成了危险的地方，不能去了。他也不再每天都去上班了。一开始，他两天去一次公司，过了一阵子他就再也没法外出了。他担心自己会在半路上死掉。即使躲在家里，头顶上也有炸弹爆炸，我们能从窗户里看见飞机在投掷炸弹。我们的政府分裂成了南北两派，互相攻击。逊尼派讲的主要是普什图语，什叶派讲的主要是波斯语，他们打仗是为了不同的语言和信仰，但是最重要的还是为了哪一派掌管国家。

我们家属于什叶派，但是我就读的学校是各派混杂的，逊尼派和什叶派的孩子一起成长着。逊尼派的老师对逊尼派的学生会比其他孩子优待一些。在阿富汗，逊尼派的人数超过了什叶派，他们一直把持着更大的权力。我的姐姐们没有上学，因为她们是什叶派的孩子，在学校里被当成下等人对待。可是，我很喜欢学校，尽管老师有时候会用棍子或者尺子抽我们。直到现在——我已经生活在美国了——一看到老师发火，我就会哆嗦，把什么都忘得一干二净了。

战争爆发后，我基本上再也不去上学了。我们住的那条街都空了。每一座房子，每一户人家都想搬走，很多人也的确搬走了。他们去了巴基斯坦或者伊朗。我们继续上了几个月的学，可是战火愈演愈烈，母亲再也不让我们出门了。在屋外还算安全的日子里，我就在屋后消磨时光，待在鸽子的附近。

有时候，外面一点也不安全。情况危险到我们无法出门，所以我们搞不到食物。于是我们就让男人出去爬树，摘来一些苹果充饥。轰炸最厉害的时候，邻居们全都躲到了我家，因为我家有一个地下室，大家可以躲在那里。战争持续恶化，所有人都来跟我们躲在一起，在地下一躲就是一两个星期，甚至三个星期。大家都想找一个更安全的地方，想要想清楚自己该躲到哪里去。所有人坐在我家的地下室里，吃着苹果，喝着水，琢磨着接下来应该怎么办。

即使是在这样的时候，父亲还是会出去喂鸽子。我还记得他常常为它们的羽毛感到担忧，有时候他会用彩色油漆——粉色和绿色的。他用油漆在自己最心爱的鸽子的脑门上画一些小小的标记，他这么做只是为了让鸽子看起来更漂亮一些。给鸽子套上的脚环会发出叮叮当当的声音，他很喜欢听这种声音，尤其是鸽子一起走路的时候。我还记得那种声音有些像下雨的声音。

战争仍在持续，情况变得越来越糟糕了。可是我的父母还是觉得我们应当搬到离城市近一点的地方，对我们来说那里可能更安全一些。父亲不想撇下他的那群鸽子，可是他也清楚不能带着它们一起搬走。我们要搬到姑妈家里去了，那里没有地方安置它们。于是，父亲就把鸽子卖给了住在另外一个小区的人。我们没有卖掉房子,只是锁上了门,然后就离开了。

在喀布尔的市中心,情况也没有多安全。在那里,炸弹爆炸的确不像我们以前住的地方那么频繁,但是逊尼派的游击队员就聚集在郊区,市中心变得越来越不安全了。一天,父亲回了我们家,去拿一些东西。回到家后,他看到鸽子全都卧在院子里或者屋顶上,好像它们在一直等着他回来。买鸽子的人在我家的大门上留了一张字条,那个人想把钱要回去,因为鸽子就是不跟他待在一起。

当时,我们已经在姑妈家住了大概两个月了。姑妈家那一带的形势已经跟我们家那一带原先的形势一样恶化了。我的父母开始商量逃到巴基斯坦的事情,以难民的身份离开这个国家,可是母亲不想这么做。她和我的姐姐们很想念我们自己的家。母亲说:"我们不想去别的国家。咱们的钱不够。去了巴基斯坦,咱们吃不上饭,也没地方住,还是会死在那里的。咱们得回自己家去。"

我们又回家了。在回家的路上,发生了一件可怕的事情。当时,我们找了一辆计程车,把我们从姑妈家送到自己家去。眼看就要开到我们那个小区的时候,路上出现了一个检查站。站岗的卫兵把我父亲从车里揪了下去,用枪指着他,说他是普什图人[1]。他们不喜欢普什图人,在不断杀害普什图人。父亲说:

---

[1] 普什图人是生活于巴基斯坦西北部和阿富汗东南部、讲普什图语的民族。

"不，我不是普什图人！"他们不相信。母亲叫喊着，随即开始哭泣。我们全都哭了。最终，他们放了父亲，我们终于回了家。

父亲把钱给了那个买鸽子的人，鸽子又归父亲所有了。这个时候，邻居们已经全都搬走了。大街小巷变得空空荡荡，只有几个小孩子还留在那里。我以前经常能听到孩子们在外面玩弹子球的声音、开心的叫喊声，现在街上变得十分安静。各家各户都大门紧锁。除了我们家，整条街就只有一家三口还在，他们跟我们家是好朋友。他们不敢独自住在自己家里，所以没过多久就搬到了我家，住在楼下。回到自己家、回到那群鸽子的身边令我们感到很幸福。我们又找回了属于自己的生活。

那一天，一切都变了。我还记得那是一个艳阳天。早上，周围变得很安静，感觉就像是这个国家停战了。大约十点钟的时候，我从窗户里看到了父亲。他在屋外，正在喂鸽子。那天，他看上去很平静，跟平时有些不一样。我不知道自己为什么会有这种感觉。

几个钟头后，我在楼下跟邻居待在一起，当时我正在把一块不新鲜的面包捣烂，准备喂鸽子。母亲去一处公用的烘焙房烤面包了。姐姐叶尔达在厨房里煮茄子。

父亲跟我的妹妹玛利亚姆出去办事了，当时妹妹只有三岁大。我已经八岁了。我听到叶尔达问父亲他能不能去商店买一些新鲜的茄子，我听到她说了一声"拜拜"。我想跟他们一起出去，便跑了出去，想要追上他们。可是父亲已经沿着街道走远了。我追了几分钟，喊着他的名字。听到我的声音，他回过头。

"父亲，我想跟你们一起去！"我说。

他说："不行。我没法带上你。我没法同时带上两个孩子。太危险了。"他叫我回家去。

"好吧。能给我带一点口香糖回来吗？"我说。

我看着他沿着窄窄的街道朝前走去，怀里抱着我的妹妹。然后我回家去了。

他走后，街上很安静。可是，很快又响起了爆炸声。安静了十分钟后，爆炸声更厉害了。有些炸弹就落在附近。有的远一些。我还记得邻居大声喊我们躲到地下室去，在那里会安全一些。我们去了地下室，叶尔达端着茄子先进去了，我紧跟着也进去了，一枚炸弹就在我们跟前爆炸了。叶尔达被吓了一跳，把削皮刀都掉在了地上。我们全都哆嗦起来。几分钟后，我们听到街上有一群人在说话。

他们冲进了我们家。其中一个人抱着我的妹妹玛利亚姆，她的脑袋冒着血，身上满是伤口。他们开始给她清洗伤口，想查看一下她的伤势有多严重。妹妹很安静，我知道她伤得肯定很重。女人都在落泪。我甚至都忘了想一下父亲在哪里。

其中一个人叫我带他去找还在烤面包的母亲。一看到我出现在烘焙房，母亲就知道出事了。那个人告诉她赶紧回去。母亲哭喊起来，手里的东西全都掉在了地上。回到家，她看到我的妹妹还活着，可是父亲死了。父亲身亡的消息，让白天瞬间变成了黑夜。从此以后，母亲就彻底变了个人。

住在附近的一群人打开我家院子的大门，用担架把死去的父亲抬进来的时候，我们都在家。我在楼上，透过窗户看着那一幕。他们把父亲放在院子里，就在鸽舍的旁边。他的身上蒙着一块白布。

母亲喊我下去，跟父亲道别。一开始，我下不了楼，两条腿根本使不上劲。我感到自己没法动弹。最后，我还是设法下了楼，看了看他。母亲掀起白布，伸手将他的眼睛合上了。我们抱住他，哭了起来。

就连那群鸽子似乎也在哭泣，它们发出悲伤的叫声，用身体撞着鸽舍的铁丝，仿佛想要出来。通往墓地的路布满了地雷，要把父亲送到墓地去太危险了，所以我们都认为最好还是把他埋葬在屋子跟前的一个小花园里，那个花园是我们家的。

下葬的那一天，父亲躺在院子里的担架上。母亲说："我想让鸽子也跟他道别。"她打开笼子，把鸽子放了出来。她跟父亲说："你的鸽子来了。我没法再照顾它们了。"她很愤怒——不是对父亲，而是对战争。此时，妹妹还在医院里，她的大脑留下了终生的创伤。母亲对父亲说："这些鸽子能让我想起你。我把它们放走了，毕竟你也不在了。"

她刚一打开鸽舍的门，鸽子就鱼贯飞出，落在担架周围，父亲就躺在那副担架上。它们没有飞走。一些卧在树上，看着这一切。它们都守在跟前，就卧在父亲的周围。几个男人抬着尸体朝花园走去。他们开始挪动脚步的时候，鸽子也飞了起来。那几个男人朝下葬的地方走去，鸽子也跟在他们的身后朝那里飞去——一长串鸽子追随我的父亲去了他的墓地。

※

十四岁那一年，我跟母亲和两个妹妹来到了美国。两个姐姐都已经结婚了，现在她们一个住在喀布尔，一个住在加拿大。在阿富汗的时候，当照顾全家的责任落在母亲一个人身上后，她的日子就变得很艰难了。塔利班掌权后，我们彻底失去了自由。女人不准上班，女孩不准上学。每天我们都得做七次礼拜。如果有人在规定做礼拜的时间出现在街上，就会被逮捕。

现在，我在缅因州波特兰的迪尔林高中一年级读书，我最喜欢的课程是英语，因为我学得很快。两个妹妹也上了学，母亲也在成人教育中心学英语。我对母亲充满感激。如果不是她，我现在就不会有生活在美国，就不会有重新开始的机会。如果待在祖国，年满十四岁的时候——就是在那一年我告别了自己的家乡——我就得结婚，有可能现在我已经有了孩子，生活艰辛。

现在，我课余时间会在麦当劳打工，因为我要攒钱买一辆车，还要去读大学。在这里，我的生活发生了翻天覆地的变化。我接受了教育，有了梦想——我要成为牙科保健师，有一天还要搬到加利福尼亚去，那里很温暖。我希望有朝一日能在这里扎根。姐姐叶尔达还住在喀布尔，那里就剩她一个人了。我希望有一天能把她也接过来，接到缅因来，让她跟我们生活在一起。

更重要的是，我想成为父亲那样的人，他是一个好人，大家都尊敬他。我已经不住在阿富汗了，可是我依然牵挂着那个国家，牵挂着那里的人。每天晚上我都会看新闻，我想知道那里发生着什么。那里的情况很不乐观，战争还在继续。还有炸弹在爆炸，人们依然过着提心吊胆的生活。我希望有一天我的祖国会变成一个和平的国度。

我曾以为我能挽救一切
I Thought I Could Fix Things

萨拉·科比特

在我小时候，母亲说家里可以养宠物。我们家养了一条狗，可我不满足于此。有一天去幼儿园的一个朋友家里做客的时候，我又爱上了一只猫，那是一只白色的小猫，朋友让我把猫带回了家。接下来，我把零花钱全都攒起来，等母亲开车带我去商场的时候，我又买了一对沙鼠，还买了一个带橙色管道和跑轮的

"哈根[1]"鼠笼。我把笼子放在自己的卧室里,笼子被我组装得就像是一个超前的迷你城市。后来——那时候我的沙鼠已经全都死了——我又养了老鼠。我还养过一只名叫"蒂利"的乌龟,那是夏季里的一天我从一个池塘里捞到的,它住在一个玻璃缸里,玻璃缸就放在我的床边。我还有一只名叫"霍迪尼[2]"的变色龙,它住在另一个玻璃缸里。我的窗台上还放着一座蚂蚁农场。我还会观察吊在窗台外面的一群黄蜂,一看就是好几个钟头。祖父用铁丝网帮我做了一个笼子,我把自己在花园里发现的一只螳螂养在了里面,给它喂叶子和草梗,直到有一天我终于知道螳螂的生活不是这样的。

我的白猫长得巨大而强壮,在后院里捕食的时候十分凶猛。每个星期它都会抓到几只鸟和小型啮齿动物,然后狠心把它们丢在我家门外的脚垫上,就好像那些都是贡品似的。猫是我的,所以母亲叫我负责处理那些被扔掉的动物。我一边流着眼泪,一边用一把小铲子把它们都埋在院子的一角。

后来,我的猫怀孕了。有一天,我去上学了,它在我的卧室衣柜里产下了七只光溜溜的小猫。当时我只有九岁。我看着小猫吃奶,渐渐长大,看得太入迷了,晚上都难以入眠。我给它们取了名字,跟它们一起玩。在它们出生八个星期后,由于母亲的坚持,我把它们放进一个盒子,拿到镇上的集市上,然

---

[1] 加拿大的一种鼠笼品牌。
[2] 这个名字是根据美国著名的脱身魔术演员哈里·霍迪尼的名字取的。

后把它们都给送了陌生人。

我失去了它们，我的白猫——它们的母亲——倒是一副无动于衷的模样。它恢复了夜间捕猎的生活，这种事情又重新燃起了它的热情。有时候，它在窗外的夜色中尖叫或者啪嗒啪嗒的声音会吵醒我。有一次，它甚至杀死了一头浣熊，全家人都震惊了，在我看来，这件事情令它更加得意了。不过，有时候它只会折磨猎物。在某些秋日的早上，我一走出屋子就会看到一只苟延残喘的麻雀，或者一只受伤的鼹鼠，或者抽搐的刚出生的老鼠，它的母亲已经被我的猫吞下肚子了。

这些衰弱的生命迫切需要关怀，我知道自己的能力有限，可还是会竭力为它们创造一点安乐的环境。我喜欢做这种事情，承认这一点有错吗？我用眼药水滴管给它们喂糖水，把纸巾撕碎，给它们做垫子，有时候会折腾到大半夜，一直守着它们，希望它们在挣扎过后活下来。有一次，我用火柴给一根针消了毒，然后为一只流血的鸟缝合了伤口。不然还有谁能帮它呢？我是这么想的。现在，我觉得当初做这些事情的时候，自己好像投入进了某种重大事件中，那是小孩子所渴望的那种事情——生命的目的和力量。生命就发生在我的卧室里，在后院里——出生，死亡，痛苦，救赎；生命也发生在我临时凑合的兽医工具之下。我心想，只要我给予它们充分的照料，我就能够挽救一切。

然而，出现在我眼前的只是一连串的死亡。正如我记得的那样，对于我的所作所为，母亲一句话也没有说。她从未干涉过。我继续把一具又一具尸体送到屋外绿草茵茵的墓地。我洗干净了滴药器，读了一些有关兽医的书。每失去一个生命，我都要哭一场，不过慢慢地我的心肠变硬了，面对生命的消亡也没有那么不安了。我幻想着有一个白云滚滚的动物天堂，里面没有捕食者，到处都是窜来窜去的啮齿动物和展翅高飞的鸟。我就这样安慰着自己。

几十年后，就在三十岁生日即将到来的时候，我去拜访了一个通灵人。我觉得这种事情很有趣，也能给予我启发，这对我来说是一件具有里程碑性质的大事情。那个人是一个朋友介绍给我的。一天上午，我驱车两小时赶到了她家，她家位于波士顿的郊区，屋里凌乱不堪，但是她看起来为人很不错。我们坐在她杂乱的办公室里——她坐在桌子的一侧，我坐在另一侧，桌子上摊满了她要用的东西。在朋友的建议下，我带去了一台录音机，以便日后还能再听一听她跟我说的话，不至于忘掉什么信息。她说我前世是一个钢琴家，但是没有什么名气。她还告诉我不用担心钱的问题。接着，她的脸就阴沉了下来，似乎在考虑自己是否应该把接下来要说的话说出来。最终，她还是开口道："你会经历巨大的痛苦。"

这就是她的原话。我还记得这句话是因为那天我基本上只记住了这句话。

几个月后，我的母亲意外身亡了。消息从电话里传来的时候，我感觉每一根神经末梢都被割开了，永远也愈合不了了。我陷入震惊，无法自拔。我觉得自己跟一切都不合拍，母亲去世的事情令我感到不公平，这种感觉把我压垮了。天上的太阳，一切美好或者正常的事情，所有在商店买东西的人、开车的人，看上去无忧无虑的人都显得那么扭曲。

悲伤就是一场流放，你会用余生的时间努力结束这场流放，回归原先的生活。但是，悲伤也有着另外一层意义。它是一个起点，是你迈进更广阔的世界的第一步。

在母亲过世后的几个月里，我一直对那句话很着迷。"你会经历巨大的痛苦。"难道她模模糊糊地预见到了将要发生的悲剧？还是只说了这么一句话就安排好了我的命运？更糟糕的是，将要到来的究竟是什么？我能在"巨大的痛苦"旁边的小方框里打个钩吗？前方是否还有更多的"巨大的痛苦"？我丢掉了带去通灵人的家里的那卷磁带，我再也不想听到那些话了。

因为你其实别无选择，只能承认痛苦的存在，继续活下去。进行反抗，干一些蠢事，怀着希望，怀着同情。我们每个人都会经历这一切，然后努力回到原处。前方总有更多的痛苦。现在，我明白生活充满了小小的预演。现在，我终于知道了当我手里拿着一张纸巾、纸巾里包着一只死麻雀的时候，十岁大的我在后院里究竟看到了什么。我放下了滴药器，再一次拿起小铲子，母亲一言不发地站在不远处。

20
找回自己的心跳

照片
The Photograph

阿鲁纳·肯伊

我十七岁了，我没有以前的照片。无论是我们的村子、我的父母、小时候住在那里的我，还是我们逃离的那些地方、我们现在居住的难民营、我的朋友，一张照片都没有。

比方说，我就从未见过大哥的照片，无从得知他的模样。他以前在军队里当过上尉，在我出生的那一年——1989年——他阵亡了。所以，我的父母就把他的名字肯伊给了我。

我出生在苏丹南部一个名叫"尼耶普"的村子里，我们家有九个兄弟姐妹，我是年纪最小的。我们种玉米，养鸡，养羊。村子附近有香蕉园，还有一条河，到了雨季河水很深。我每天都要从那条河打水喝，出生在这个村子的其他人喝的也是那条河里的水。

我的父亲是农民，他的声音听上去很平静。我的印象是这样的。他没有上过学，只知道种地、养家糊口。他还当过兵，有一次，他无意中把自己的枪掉进了水里，他们就把他关了起来。

人们说我会长得跟他一样高，但是我的长相更像母亲。她的头发很浓密，而且跑得非常快。每当我做了错事、企图逃跑的时候，她总是能逮住我。

在我的印象中，我们那个村子里的人过得很幸福。新年是一年里最美好的日子。各家各户都聚在一起，通宵达旦地玩。我们吃着香蕉，打着鼓。我们把树枝做成枪，假装自己也是战士。我们在香蕉园里东躲西藏，你抓我，我抓你。一些人扮成小孩，另一些人扮成家长。

现在，我要跟你说一说那天晚上的事情，就在那个晚上，一切都变了。当时正是各家各户吃过晚饭、互相串门的时候。所有人都活跃起来，到处走动着，互相打着招呼。我们的部落叫"巴利"，部族的人都非常友善。当时我跟三个哥哥在一起玩耍，那时我大约五岁。父母去菜地摘玉米了。

就在这个时候，阿拉伯民兵组织发动了袭击。原本一切都那么平静，突然，我听到了地震一样的动静。我看到有飞机飞过来，他们开始朝我们的村子投掷炸弹，接着他们又开着卡车冲了过来。士兵大吼大叫地让我们所有人都从家里出去，然后他们就开始伤人、烧东西。

自然，所有人都四散逃命去了。有的父母甚至忘了孩子。就这样，我跟父母失散了。哥哥领着我们去了一片甘蔗田，我们在那里躲了一整夜。我们看得到大火，听得到尖叫声。甘蔗田里蚊子很多，草打在脸上湿乎乎的，还很锋利。

到了早上，房子没有了，什么都没有了。我的大哥当时已经二十岁了，他说："没用的。我们的父母很可能已经死了，我们可不想也死在这里。"于是我们在田里站起身，拔腿就走。

我想找到父母，我当时是这样想的。从那一刻起，我就过上了永远没有机会说再见的生活。

我们就这样走了一整年，走过了一个又一个部落的领地：可可，马利。有的部落的人挺友善，有的部落的人不友善。对于一个小孩子而言，路太长了，有时候哥哥们会背着我继续赶路。最终，我们落脚在了乌干达的难民营加利。难民营里有很多和父母失散的孩子，疾病横行。就是在那里，我们见到了叔叔。在乌干达的叛乱分子袭击难民营的时候，叔叔中了枪。就像以前一样，叛军放火烧毁了房屋，房子里还有人。我们再一次逃走了，躲在山边的田地里。

这一次，我又想起了父母。我还记得他们照顾我们时的情景。每天晚上我们都要洗个澡。我其实是一个坏孩子，所以他们常常惩罚我。当我肚子饿了的时候，母亲就会说："要是你不想干活儿，今天就没有饭吃。"我记住了这些话。

有时候，哥哥们会给我讲一讲父母的事情。他们讲的事情让我相信父母没有死，仿佛他们就在这里，又跟我们在一起了。

后来，我们又辗转到了卡扬瓦利的难民营。我们在那里住了五年。我记得那个难民营就在一片森林的旁边，猴子和狒狒令我感到害怕。我没有时间做家庭作业。我一直在我们的小菜地里干活儿，努力找一些吃的——玉米、豆子和坚果，就像父亲以前那样。

有一天，他们叫我们做好准备，我们要去美国了。这一刻，我们已经等了很多年，现在终于等到了。我们没有时间跟任何人道别，甚至没有跟好朋友道别。他们把我们送上了卡车，然后就带我们去了机场。我们把很多人都抛在了身后。我们飞往了坎帕拉，接着又飞到了内罗毕，然后去了英国，接着又到了纽约，最后抵达了弗吉尼亚，我们在那里度过了来到美国的第一个年头。然后，我们就来到了波特兰。

我们很幸运——哥哥们和我。这么多年我们都熬过来了，没有生过病，没有受到过伤害。我们长大成人的过程中没有父母的陪伴，过得艰难。住在一个个难民营的时候，每天晚上我们都得排上两三个小时的队才能打到水，因为不断有大人把我们挤开。没有人保护我们。

来到波特兰后不久，我们收到了一封信，信里夹着——一张照片！真不知道该怎么说，那是父母的照片。他们还活着！母亲站在父亲的身旁，父亲坐在轮椅上，因为那些士兵把他的腿打断了。他们看上去那么苍老，父亲的头发都变得花白了。我记得当时我盯着那张照片看了许久。自那以后，我就总是跟远在苏丹的父亲通通电话。他的声音还是我记得的那样——很平静。其实，他过得很艰难。他说总有一天他还要回到我们的村子，可是眼下我是不会让他回去的。

  我们的幸福时光都是在那里度过的——可是，现在我们还回不去。

我们在努力理解你在那里的遭遇
We Are Trying to Understand What Happened to You There

迈克尔·帕特尼蒂

  他十六岁，没有一张以前的照片。无论是父母的还是兄弟姐妹的，无论是村子的还是那里的朋友的，什么照片都没有。他说自己只有存留在脑海里的照片，他想把那些照片展示出来，好让大家都能看一看。

  他是一名高中一年级的学生，穿着一件白衬衫，脖子上挂着一个金色的饰物。他有些紧张，又有些腼腆，不停地管你叫"先生"，即使你一而再、再而三地告诉他直呼你的名字就可以了。直到你也开始管他叫"先生"，他才终于肯叫你的名字。然后，他的眼睛忽闪起来，面颊也鼓起来，脸上露出一个耀眼的笑容。

一开始，他总是一副犹犹豫豫的模样，一开口就结结巴巴的，也许是出于紧张，也许因为想说的事情太多，可是语言能力又很有限，毕竟英语是他学的第四门语言。不过，最终他还是会深深地吸一口气。在这个大海边的新地方，窗外灰蒙蒙的，天上飘着雪，窗户上凝结着冰花，他说："我出生在一个炎热、尘土满天的地方，一到雨季，河水就会变得很深。"就好像他念起了一首诗，或者讲起了一个童话。然后，他就滔滔不绝地讲下去，最终你会意识到他讲的根本不是童话。

他记得自己是九个孩子里最小的。他们养过鸡，养过羊。他每天都要从流经村子附近的一条河里打水喝。他记得他们会吃香蕉，也记得新年是一年里最美好的日子，到了那一天人们就拿出自己的鼓。人们发出了响亮的欢声笑语，跳舞跳到大半夜，鼓声就如同心跳一样跳动着。

他吃玉米，喝着那条河的水。他的父亲和母亲也在那里，还有他的八个哥哥和姐姐。他们在香蕉园里玩耍，直到父亲用平静的声音喊他们回家。母亲给他洗了个澡。

这个世界上有一头自由行走的野兽。它在寻找猎物，会把出现在路上的所有东西吞下去，包括我们中间最无辜的人。然后，我们就开展了法医的工作。我们收集骨头，寻找脚印，采集事实。我们试图弄明白无辜者遭遇了什么，试图让我们自己防患于未然。或者说，试图让我们自己在那头野兽找到我们之前做好准备。

吃过晚饭他就去玩了，就在这时轰炸开始了。他跟哥哥们跑进了一片甘蔗田，趴在地上藏了起来。透过叶子，他看到烈火在吞噬他们的村庄。第二天清晨，他就跟哥哥们爬起来上路了。他们跟在一队男孩身后，穿过了苏丹南部，一路上队伍越来越长。那时候，他只有五岁。他仅存的物品就是身上穿的衣服，就这样走了一整年。

在穿过南部地区的那段日子里，有时候他会找不到吃的；有时候他不得不蹚过有鳄鱼出没的河；有时候他热坏了，精疲力竭，哥哥就把他从地上扶起来，扶着他继续赶路；到最后哥哥还是会把他放下来，毕竟哥哥也同样饿着肚子。

他们就这样走了一整年，然后在各种各样的难民营辗转了好几年，他们以为自己的父母已经死了。现在讲起那段生活的时候，他已经记不清自己在每一个难民营里究竟住了多久。那些事情在他的脑袋里就像一团乱麻。他笑了笑，为自己稀里糊涂的记忆感到难为情。他觉得自己应该记得那些事情和具体的日期，可是他那时候太小了，还那么害怕猴子。在一个难民营里，叛军发动袭击的时候，他的叔叔被杀害了[1]。那里还有疾病肆虐。"真是个奇迹，我们没有碰到更糟糕的事情。"他说。

༺༻

他找到了活下来的办法——一小片菜地，夜晚的沉思，一个管用的故事。他排队等上两三个小时，等着打一罐水，梦想着有一天还能喝到村外那条河里的水。

༺༻

他把这个故事讲了一遍又一遍——轰炸、赶路、难民营，还有他们最终来到美国这个满地都是盒装麦片的国家。难以想象，一个十六岁的少年竟然会遭遇那么多的事情，然而这就是他的生活。讲述这一切的时候，他的脸上始终带着礼貌的笑容，丝毫不会令你产生反感。

༺༻

终于，他收到了寄来的照片——他的父亲已经失去了双腿，坐在轮椅上，母亲站在父亲旁边。他原本已经在心里将他们埋葬了，现在他们又出现了，虽然身体残缺不全，但是他们复活了。我不清楚面对这样的损失你会怎么做：有的人会借酒浇愁；有的人会对自己的遭遇产生新的幻想，重新进行排列整理，怀着更强烈的目标感继续前行。

---

[1] 这里是作者笔误，前文小作者的叙述里是说"叔叔中了枪"。

这个男孩不停地写着，几十页、几十页地写着，直到我的收件箱里多了一封邮件。"先生，请告诉我，我们何时能再见面，我想把写完的书稿交给您。"

他写了一本书，是他的自传。他写了两年。英语是他学会的第四种语言，这本书有几百页厚，是用英语写成的。当你穿越了一个国家，过了十年飘摇的日子后，任何事情似乎都是有可能发生的。

在新书发布的庆功会上，他说："先生，我知道这么做显得有些奇怪——我已经开始写第二部分了。"

我们在努力理解他在那里的遭遇。他在一遍又一遍地努力向我们讲述着。在一个完美的世界里，事情是这样的——他说，我们听着，就好像这一切都发生在我们自己身上。

每一次他讲述自己的故事时，那些房子——一座座茅草屋——都从灰烬中重新矗立起来。你能看到山羊和奶牛在田野里，你能尝到当天晚饭的玉米的味道。父亲的声音在召唤着还在香蕉园里的他，听到父亲的声音，这个五岁孩子跑回了家。他的故事就是一条河，你和他共饮着河水。他站在你的面前，脸上带着笑容。他给你讲述着节日的鼓声，他们会打上一整晚，一直打到拂晓。小时候，他以为鼓声永远不会停下来。鼓声的确不曾停下过，即使已经过了这么多年，即使他身处在这个如今被你称之为"家"的遥远国度。

鼓声会在半夜惊醒他，有时候令你感到一阵恐惧——等他重新找回自己的心跳，鼓声就又会让他入眠了。

作家专访

为什么写作
Writers on Writing

说一说你最初认为自己会成为作家时的情景。

理查德·来乐： 我为什么写作？原因很简单。我觉得写作既令人感到安慰，又令人开心。为什么要和别人分享故事？为什么不呢？要是不打算和别人分享，为什么还要写作呢？当我把自己的故事告诉别人，我觉得总有人能感同身受，我的故事或许还能通过某种方式对他们有所帮助。

梅利莎·科尔曼： 自儿时起，故事和书籍就一直帮我更好地理解这个世界。所以，为了更好地理解生活而试着写故事似乎是自然而然的选择。

萨拉·科比特： 在我们那个地方，只要年满六岁你就有资格在图书馆办理借阅卡。得到借阅卡的那一天，一切都发生了改变。

实际上，它是通往知识王国的钥匙。图书馆让我成为一个充满好奇心的人。随着时间的流逝，我往家里带回了一堆又一堆书——有关昆虫的，有关恒河的，有关火星的。读完一本《神探南茜》后，我就会回去再借上一本。我真是没有想到！故乡的图书馆是一个没有止境、无穷无尽的地方，它还帮我更好地理解了世界。书里的内容在我和我不知道的万事万物之间架起了桥梁。它们就像是一条河流，你可以顺着水流前往任何一处尚待开拓的地方。我想我从未想过自己能够成为一名作家，真的，但是自那时起我就知道我想设法顺着水流走向远方。

吉布森·费伊-勒布朗：这取决于你对"最初"二字是怎样定义的。从小到大，我一直很喜欢读书，也能为学校写一些很不错的文章，但是我从未想过自己有可能成为一名作家。我就读的学校没有开设创意写作这种课程。选大学的时候，我想去医学院，在最初几年里，我自然科学课程的成绩很不错。直到大学最后一年我才选修了克里斯托弗·梅里尔教的一门诗歌课，写了一些很蹩脚的诗。但是我很喜欢写诗。然后，我开始写作，毕业的时候还发表了演讲，而且我的演讲还打动了听众。这就是我在文学创作方面最初的经历。最终，我迷上了写作。

伊丽莎白·吉尔伯特：我不记得自己还想过从事其他职业，除了在八年级的时候，有那么一阵子我想当一名脊椎推拿师，不过现在我已经彻底不记得为什么产生那个念头了。决定毕生致力于写作的那一刻我倒是记得很清楚，当时我很坚定。那时我十六岁，一心想要从事写作。我跟家人发誓绝不放弃写作，直到生命结束的那一天，无论最终能得到怎样的结果。我们家的人都很长寿，所以这个誓言很严肃！我跟宇宙立下的约定差不多是这样的："我无法保证我一定会写出好作品，但是我保证我会写作，尽最大努力，能写多久就写多久。"我还承诺说自己会想办法实现经济独立，但绝对不会停止写作。有了这样的誓言和约定，我的生活变得很简单。当一些其他的事情在我的生活中偏离轨道时，我坚定地遵守自己的诺言。这是我整个人生的基石。

法杜穆·伊萨克：最初产生当作家的想法时我还住在难民营里。我对写作的热情就是从那时产生的。父母给我讲述他们的童年和他们的祖国，我就会描绘出他们眼中的一切。我想要记录下一个个瞬间，把它们一一写下来。我想要写下来的一些瞬间讲述的就是在索马里发生的事情，因为我们的历史一直以口耳相传的方式流传，至少在一些家族里流传着。我们家就是这样的家族。我想成为家族里第一个用文字将这些历史记录下来的人。

阿鲁纳·肯伊：我最初萌生成为作家的念头是在讲故事工作室

造访我们学校的时候，工作室在我们的艺术课上邀请其他人和我参加他们的写作项目。

乔纳森·莱瑟姆：了解到《爱丽丝漫游奇境》和《爱丽丝镜中奇遇》里满篇都是双关语、谜题、语言梗以及对其他文章的戏仿，我的心里就"啊哈"了一下。就在那一刻，刘易斯·卡罗尔在我眼中具有了非凡的意义，他是躲在文本背后的幽灵，是躲在文本背后的智慧，是他创造了这一切。我一下子就想成为那个家伙了。

瓦西里·穆兰吉拉：我首先爱上了阅读。以前，我从不觉得自己也可以写故事，可是讲故事工作室帮我发现了我的另一面，以前我从不知道我还具有这一面。在讲故事工作室里学习期间，我写下了自己的处女作，想看一看自己是否有这个能力。结果，我写得还不错，于是我有了继续写下去，再写一篇的勇气。

克里斯蒂娜·默里：最初启发我从事写作的书籍是西尔维娅·普拉斯的《瓶中美人》。直至今日，普拉斯的所有作品依然启发着我。此外，成为作家的托妮·莫里森也一直在鼓励我，让我开始尝试散文的创作。她将社会话题和日常经验结合起来进行创作的方法令我感到惊喜。

梦想与写作

迈克尔·帕特尼蒂：小时候，妈妈经常为我和哥哥弟弟们读一本书，这就是《兰迪的棒狮子》。这本书讲的是马戏团里的一位驯狮员管不住自己那群疯狂的狮子的故事。天哪，我爱死这本书了！这本书太有趣了，太热闹了，太棒了！我让妈妈给我读了一遍又一遍，我想我的写作梦就是从那时开始的。当时，我的心里还产生了一个疑问：这本书为什么这么酷？后来，问题就变成了：创作这样的书不是也很酷吗？

比尔·洛巴克：在五岁的时候，我向百货商店的圣诞老人要了一张桌子。母亲问我为什么要桌子，我说我想当作家。我也不知道自己怎么会产生这种想法。

麦基·伦扬博：最初意识到我也是一名作家是在拿到讲故事工作室的《第13号出口》的时候。我为妹妹读了我写的故事，看着她的眼睛，我明白她已经完全沉浸在故事里，沉浸在我的故事里，已经忘乎所以了。我想就是在那个时候我意识到自己是一名作家了。

乔治·桑德斯：一个人给了我一本《约翰尼·特里梅因》，她还说了一通这本书很难读，可能不适合我之类的话。她的提醒激发了我的兴趣。读了之后，我竟然读懂了。有好几个星期，我一直用这本书里的语言方式进行着思考——我猜这也是一种"当作家"的方式吧。

贝齐·肖尔： 我一直想写东西，在三年级的时候我还以为写作大概指的就是写一辈子带插图的读书报告。到了四年级，我一直在一个小小的蓝色线圈本上写诗，写得很差劲，但是我会把自己的作品读给全家听。我有口吃的毛病，所以写作可以让我流畅地表达，让我有机会运用我心爱的词句。在我们家，该说什么、不该说什么都是有规矩的，所以写作又让我拥有了自我表达的途径。

格雷斯·怀蒂德： 幼儿园时期发生的一件事情让我觉得我会成为一名作家。当时班上举办了一次作家茶话会，老师鼓励所有的学生把自己的故事写下来，还要跟同学们分享。我们写的故事被打印出来，并且被装订了起来，老师还让我们为这本书配上了插图。我至今依然记得第一次向听众讲述自己的作品时有多么兴奋和激动。第二件令我难忘的事情发生在我七岁的那一年。学校鼓励一年级的全体学生写作文，还叫我们把写好的作文放进一个盒子里。每个星期我们写的作文都会被打印出来并且交还给我们，让我们自己配上插图。每次看到我的名字出现在一本书上的时候，我都觉得那是世上最美妙的感觉，也正是在那时我意识到自己想成为一名作家。

密苏里·艾丽斯·威廉斯：我从六岁起就开始写作了，直到今天我依然热爱着写作。我一直想成为一名作家，但是从未认真考虑过从事写作事业。

以前你受到过哪本书（哪些书）的启发？现在哪些书还在给予你启发，或者最近有哪些书对你产生了启发？

理查德·来乐：早些年我根本就不读书，只是在政府来送饭的时候，趁着大孩子还没有争先恐后地从我们身边挤过去、排队等着领取食物的时候，读一些用棍子在地上扒拉出的几个字母。我也没有机会上学。直到十五岁那一年，在乌干达首都坎帕拉的难民营里我才开始学习读书识字。今天，我已经有两张图书馆借阅卡了，每星期都要读两三本书。这真是太好了，我可以随心所欲地挑选我喜欢的书籍。我喜欢兰迪·波许的《最后的演讲》，这篇演讲非常鼓舞人心，讲的是生活。眼下，我正在读《杀死一只知更鸟》。最近，我读了《了不起的盖茨比》。对于这本书我没有什么可说的，但是这本书告诉了我很多东西。"每当你想批评别人的时候，记住，这世上并非所有人都拥有你所拥有的那些优势。"这是我最喜欢的引言之一，我也在努力把这句话蕴含的哲理应用到我的生活中去。

贾德·科芬： 加里·保尔森的《手斧男孩》的影响很大。我爱上的第一本书是《在路上》。每当我迷失了方向，不知道自己在做什么的时候，我都会重温一下《土生子札记》。

苏珊·康利： 在读大学和研究生期间，我开始读诗。就像你们会很快读完阿加莎·克里斯蒂的侦探小说那样，我狼吞虎咽地读了很多诗集。诗歌是一种升华，是一种崭新的东西。诗歌里藏着秘密，在我二十岁的时候诗歌就自愿向我倾吐了这些秘密。到了20世纪80年代，我成年了，在这段时期里我读了伊丽莎白·毕肖普、安妮·塞克斯顿和西尔维娅·普拉斯的作品，这几位女诗人在美国各地创办了一个个诗歌创作室。让我真正爱上这种简练的叙述方式的是下一代女诗人：莎朗·奥兹、卡罗琳·佛雪、乔丽·格雷厄姆和路易斯·格拉克。此后，我就对诗歌这种叙述不连续、融合而成的文学样式越来越有兴趣了。现在，我着迷于一种文学样式和另一种文学样式相混合或者变成另一种文学样式的文本，我很想知道两种文学样式之间的差距到底有多少人为划分的成分，例如，长篇叙事诗和回忆录或者小说之间的差距。

萨拉·科比特： 哇，从何说起呢？《夏洛的网》、安徒生的童话、阿瑟·柯南·道尔爵士写的《福尔摩斯探案集》，还有《时间的折皱》，还有吉米·哈利的每一部作品。不过，令我的生活发生了翻天覆地变化的还是琼·狄迪恩的《白色相册》，那还是在我读高中的时候母亲送给我的。那时候没有多少女性在写非虚构的作品，至少没有多少女性凭借着非虚构的写作而得到认可。读到狄迪恩的作品感到梦想有实现的可能，这对一个有志成为作家、希望在新闻业冒一番险的十几岁女孩来说就足够了，狄迪恩是这门技艺的大师，超过了所有的男性大师。

伊丽莎白·吉尔伯特： 弗兰克·鲍姆的《绿野仙踪》系列是我最早读过的书。在我长大的过程中，伴随我的就是这么一堆破破烂烂的书，这些书已经在家里传了好几代，书里还有十分醒目的装饰艺术风格的插图。《绿野仙踪》系列讲的是生活在农场的一个小女孩的故事（我自己就是在农场里长大的），这个小女孩一直在虚幻的世界里探险（我就希望经历这样的事情），她勇敢得不可思议（至今我依然希望自己也能这么勇敢）。我一直认为正是这些书促使我成了旅行家和作家。如果你家有一个特别喜欢空想的小女孩，那你尽可以忘了迪士尼的录像带，给她买一套盒装的《绿野仙踪》吧。

埃米莉·霍利迪： 为了找乐子，我以前经常会读《七个贪吃的小宝贝》，现在我读的是幽默作家戴维·希德利斯的作品。小时候，《花婆婆》启发过我，近年来，特里·坦皮斯特·威廉姆斯的作品一直在鼓励我思考和憧憬未来。

阿鲁纳·肯伊：激励我继续写下去的是戴夫·埃格斯的《什么是什么》。当瓦伦蒂诺·阿查克·邓和讲故事工作室的作家一起来到我们这里，我见到了他，那次会面的经历也激发了我对写作的兴趣。

阿里·梅尔：在高中的时候，有一次我得针对一位作家的多部作品写一篇读书报告，我选择了库尔特·冯内古特。当时，我对阅读还没有多少兴趣。结果，为了完成读书报告我读了冯内古特的十几部作品，尽管老师只要求我们读五部。至今，我每年都会重温这些作品，一口气读上几本。这些书让我记住了一位有趣、不按常理出牌、诚实的科幻作家能对这个世界产生怎样的影响。多年来还有一本书也令我念念不忘，这就是迈克尔·翁达杰的《经历屠戮》。这部作品以强烈、毫不做作的方式将诗歌、来源于一手资料的历史文献和流畅的叙述糅合在一起，这种行文方式让我意识到在讲述伟大故事的过程中，没有多少规矩需要遵循。迄今为止，在我接触过的作品中，这部作品始终是最地道、最令我大开眼界的文学作品之一。

克里斯蒂娜·默里：启发我、让我意识到我能成为一名作家的人是我在高中的创意写作老师。在上她的课之前，我从未尝试过写作。她逼着我尝试了各种写作体裁，就这样我发现我具有写诗的能力。她帮我找到了适当的表达方式，通过这种方式我可以把自己想说的话都说出来。

迈克尔·帕特尼蒂：《亚瑟王》《海角乐园》《罗宾汉》和《金银岛》，这些冒险故事我都很喜欢。我还记得在读初中的时候，我被逼着读了一篇梭罗的文章，文章里对冰的描述那么令人惊诧、那么美丽，简直令人难以置信。我还记得我读了有关伊奇博德·克瑞恩（小说《沉睡谷》里的人物）的文章，接着就读了《沉睡谷》，这部小说跟现实中的一个地方有关。现在，我会经常读一读《了不起的盖茨比》《到灯塔去》和《洛丽塔》，以此提醒自己伟大的作品是什么样的。最近，我刚刚读了一部芬兰的小说——《咆哮的磨坊主》——它就是那种能让我深深陶醉其中的作品。直到现在，这种感觉对我来说依然是最美妙的。

比尔·洛巴克：最近，我一直在寻找极其具有感召力的音乐。例如，网上播放的查尔斯·明格斯（爵士乐大师）的《呻吟》。哇！

贝齐·肖尔：小时候，我非常喜欢艾伦·亚历山大·米尔恩（"小熊维尼"系列的作者）。到了大学的时候，我发现了威廉·卡洛斯·威廉斯和叶芝。在那之后，西尔维娅·普拉斯又震撼了我，而伊丽莎白·毕肖普可以说令我平静了下来，同时又令我的思维得到了深化。丹尼斯·约翰逊一度也对我产生了十分重要的影响。目前，我在反复读奥西普·曼德尔施塔姆、切斯瓦夫·米沃什、W.G.塞巴尔德、维斯拉瓦·辛波斯卡和亚当·扎加耶夫斯基的作品，这些作家曾经都被迫面对了20世纪最黑暗的时期。最近，我又迷上了劳拉·卡塞斯克。我还不断地重温着布赖特·凯利和毕肖普的作品，每隔几年我还会读一读但丁的作品，花上一百天的时间，每天读上一篇，从地狱读到天堂。

格雷斯·怀蒂德：从很早的时候，《朱尼·琼斯》系列就对还在上幼儿园的我产生了启迪。在班上，老师给全班同学读这些书；回到家，母亲会给我读这些书。我深受启发，以至于我曾像朱尼·琼斯那样把一个朋友的头发给剪掉了。这么说吧，老师对这件事情的看法不如我想象的那么理想。目前，维罗尼卡·罗斯的《分歧者》系列给了我很大的启发。这套作品在年轻人中间非常受追捧，罗斯的写作风格非常迷人。她还采用了很多作家都不屑采用的方式设计情节，突破界限，这是她的作品最令我欣赏的地方。我希望我也能像我所钟爱的这些作家一样让自己的作品朝着一个全新的、独一无二的方向发展下去。

密苏里·艾丽斯·威廉斯：促使我动笔创作的是加里森·凯勒的《好诗》。小时候，每天晚上吃过饭后家人和我都要读一首诗。听着别人创作的诗句，以及他们写诗的方式，我就会产生一些想法，也因此想要试着自己写诗。

诺厄·威廉斯：促使我对写作突然产生强烈兴趣的书是《海明威短篇小说全集》。第一次读到弗朗西斯·麦康伯在非洲游猎时失去妻子的故事、尼克·亚当斯的冒险故事时，我一下子就被迷住了。最终，这些作品为我提供了框架，我得以创作出了自己的短篇小说。《大教堂》《对警官友善》和《狼珠》也同样能对我产生启迪。

莫妮卡·伍德：我刚刚重新读完了杰罗姆·大卫·塞林格的作品，我在高中时就发现了他。在我看来，他的作品在不断地变化着，因为那时候我还没有意识到人们可以按照日常说话的方式进行写作。我真的没有意识到。意识到这一点之后，我就开始模仿塞林格的风格，最终我找到了属于自己的风格。他的作品都是在我尚未出生的时候写的，可是对我来说，那些小说至今依然那么鲜活，毫不过时。

在你成长为作家的道路上，哪位老师或者导师起到了格外重要的作用？为什么？

理查德·布兰科：我的高中英文老师潘泽尔先生。他让语言拥有了生命。

贾德·科芬： 我在布伦瑞克高中的艺术老师多娜·科芬（我们俩不是亲戚），她让我知道了艺术创作百分之八十靠观察，百分之二十靠绘画，仔细观察一个物体比在纸上描摹出它更重要。我想这就是我从事非虚构创作的原因。这种写作迫使我依赖于实实在在的现实世界，而不是靠着匆匆瞟上几眼或者自己的臆断进行创作。

梅利莎·科尔曼： 我的父母都为我（作为一名传记作家）提供了一些至关重要的写作素材，还教会了我很多有关生活的知识：如何努力工作，如何做到不屈不挠，如何知道感恩。他们的教诲促使我想要通过写作的方式将他们的教诲记录下来。

萨拉·科比特： 我读七年级时的老师加里·亨德里克森是我遇到的最热忱的老师。他热爱书籍，当我们在班里讨论书籍的时候，他真的是蹦来蹦去。他就在你的身边。在我的生命中，他是第一个为我在家里阅读的书籍和我们在课堂上学习的知识之间架起桥梁的人。或许最重要的是，有一天他把一位真正的小说家请到了我们的课堂上。那个人是我们当地的一位作家，他跟我们讲了讲当作家的事情。那一次的经历也为我搭建了一座桥梁，让我意识到落在纸上的那些令我满怀敬畏的词句是一个活着的、会呼吸的人写下的，写作跟我的日常生活并不那么遥远。

戴夫·埃格斯： 从小到大，我不断遇到一位又一位非常好的老师，他们全都对我给予了极大的鼓励。在小学一年级的时候，我就和莱特夫人一起完成了我的第一本书，到了五年级又和邓恩女士完成了一本书，在八年级的时候和德里斯特尔夫人完成了一本书。升入高中后，我又遇到了一群非常卓越的老师，他们都非常专业，各有一套独到的方法，也都为我树立了很好的榜样。本顿先生、费里先生、洛伊夫人、霍金斯先生和克利奇先生全都对我产生了巨大影响。

阿鲁纳·肯伊： 第一个帮助我提高写作技能的人是我在高中时的艺术老师。她让班里的每一个学生自由选择主题，然后进行创作。我选择的主题是我来到美国的旅途，我还为自己的文章画了几幅插画。这篇习作就是《照片》，最终这篇文章又促使我创作出了《两条河之间》一书。

朱利安·马约尔金： 黛比·达菲逼着我在各门学科上不断进步。她不允许我退出，不允许我放弃。她参加过海军，为学生充分灌输了"绝不放弃"的精神。

迈克尔·帕特尼蒂： 我不知道绝大多数作家在回首往事的时候是否能够在很多导师和老师之间建立联系，每一位导师或者老师都在某个特定的时刻赠予了他们当时最需要的小礼物。有时候，他们赠予的礼物跟写作毫无关系。我的初中英语老师教会了我读书时要专心，要聚精会神，通过阅读提高自己。我的一位高中老师以为我的文章是抄袭别人的，她的态度促使我产生了一个念头——"没准我比她眼中的我强一点。"我还碰到过一位总是冲我大吼大叫的游泳教练。现在，当我坐在书桌前、觉得自己无话可说的时候，偶尔我还能听到他的声音。"帕特尼蒂，你究竟在干什么……快点游泳！"

刘易斯·鲁滨逊：在读大学的时候，我对短篇小说的阅读和创作越来越痴迷，一位名叫杰伊·帕里尼的老师对我说："知道吗，你吃得了这碗饭。"他不是站在讲桌上说出这句话的，没有大肆宣扬，但是这句话在我听来非常动听。当然，我不太相信他的话。坦率地说，当时我的小说还处于模仿的阶段，毫无出彩的地方。但是，他的话令我深受鼓舞，直到今天依然发挥着效力。

比尔·洛巴克：大学里的一位老师说我绝对成不了作家。多亏他，我才拥有了现在的事业。

乔治·桑德斯：我的两位高中老师（乔·林布鲁姆和谢里·林布鲁姆）发现了我的闪光之处，于是鼓励我把自己在课堂上发表的小小的"真知灼见"写下来。我的话或许蕴含着力量——这个想法对我十分重要。后来，两位老师还在我申请大学的事情上为我提供了帮助。他们给大学打去电话,替我求情:"没错,他的成绩很差,可是他已经做好了试一试的准备,我们觉得他能行。"愿上苍保佑他们。

格雷斯·怀蒂德: 在我成长为作家的道路上,对我帮助最大的是我的幼儿园老师汤普森夫人。她教会了我读书写字,她还会举办作家茶话会。在茶话会上,她叫每一个学生都写一个故事,然后大声读给同学们。现在,对我影响最大的两位导师是玛丽莲·马布鲁克和德杰洛·马布鲁克,他们两位都是作家。他们在写作方面为我提供了指导,支持着我,还给我寄来了古典和当代作家们的著作,对我的写作技巧的提高帮助很大。

密苏里·艾丽斯·威廉斯: 直到现在,我依然经常收听加里森·凯勒主持的广播节目。近来,我一直把目光放在能够帮助我提高写作水平的新书上。我的父母都是大作家,所以在我刚起步的时候他们就成了我的导师,帮助我不断进步,掌握更多有关写作的知识。

诺厄·威廉斯: 毫无疑问,促使我成为作家的人有三位。莱斯利·阿佩尔鲍姆是第一个为我的文章提供专业指导和反馈的人,现在他是我的预修英文课的老师,继续在写作方面向我发起挑战。伊莱扎·兰伯特是我在同龄人中间遇到的第一位也是最出色的编辑，收录在这本文集中的文章就经过了她的修改，最初鼓励我参加2010年作文竞赛的人也是她。还有德里克·皮尔斯，他本人就是一位作家，他为我提供了很多书籍，介绍我认识了很多作者，帮助我成了现在的我——一名作家。

莫妮卡·伍德：我的姐姐安妮是我的高中英语老师，她是我遇到的最棒的老师。她丝毫无法容忍草草完成的作文，但是每当我把事情做好的时候，她都会立即表扬我。（我在英文课上得到的唯一一个B就是她给的！）

描述一下对你来说最理想的写作空间、时间或者地点。

理查德·来乐：我觉得最理想的时间就是冲澡的时候或是半夜醒来的时候。我知道在有些人听来这么做有点疯狂——但是有时候我真的会带着一个本子和一支笔进浴室。这样，在冲澡的时候一旦产生一个好的想法，我就不会忘掉了。半夜醒来的时候，有时候我会写上一两个小时，然后才回到床上去。

阿米拉·阿尔·萨姆拉伊：只要是安静的地方就适合写作，能让我把内心所有的感情发泄出来的，例如我的房间。对我而言，理想的时间是夜里，因为夜里总是非常安静。

理查德·布兰科：到了夜晚，我的灵感总是频频闪现。我喜欢在全世界都安静下来的时候写作，感觉自己在破解世界之谜……

贾德·科芬：当我远离家人——尽管这么说挺可悲的——待在一个举目无亲的城市，晚上十点到凌晨两点之间最理想。住在我母亲家里，待在我长大的那个房间里的时候，从早上六点到上午十点最理想。

苏珊·康利：为了溜进散文的梦里，最美妙的莫过于一大早就起床，然后直接开始写作——不玩过关游戏或者"大富翁"游戏。但是，真正的问题是互联网。对于写作来说，互联网能把很好的一个工作日给毁掉。我们可能经常会说我们只需要写一封重要的电子邮件。几个钟头过后，我们还在写电子邮件，或者挂在网上"研究参考书"。通过过于丰富的经验，我逐渐认识到所谓的"研究"永远可以等一等。我家的老阁楼里有一间小小的写作室，我就在那里写东西。那里很适合我，我独自一人待着，同时又和现实世界保持着联系。

萨拉·科比特：早上五点半，天亮的时候我已经喝下了两杯咖啡，这时家人都还没有醒来。还有，尽量远离互联网。

吉布森·费伊-勒布朗：早上，在一座安静的房子里，有一杯咖啡或者茶。有两个年幼的儿子在身边，现在我很少能碰到这样的情况。不过，有时候，如果我能和外界保持一定的距离——不看社交媒体，不看电子邮件，不看新闻——一旦儿子坐上了校车，我就又能回到那座安静的房子里了，这也挺不错的。

埃米莉·霍利迪：对我来说，最佳写作时间就是刚刚跑完步的时候。在跑步的过程中我太无聊了，所以我就一边跑一边编故事，就这样让自己继续跑下去。这些故事大多都基于我看到的、听到的或者经历过的事情，而且这些事情只能写成记叙文。

法杜穆·伊萨克：我理想的写作空间就是一个能让我集中精神、安安静静的地方，例如图书馆，或者我自己的房间。我理想的写作时间是夜晚，等所有人都入睡后。

阿鲁纳·肯伊：读高中的时候，在家里我会在自己的房间里写东西，或者在讲故事工作室，有时候还会在波特兰公共图书馆里。读大学的时候，我就在计算机中心写东西。

乔纳森·莱瑟姆：对我来说，写作一直是早上的第一件事情，然后我才会进入社交矩阵——聊天、发电子邮件、和别人会面、履行职责。在理想状态下，我会赶在家人之前起床，端着一杯咖啡蹑手蹑脚地躲到一个角落去。近来，我一直在步入式衣帽间进行写作，衣帽间里有一台没有连接网络的特殊电脑。这样的工作环境非常有效。

坎贝尔·麦格拉思： 我觉得在写作过程中保持灵活性很重要——不要为自己所做的事情制订过于具体的条条框框。不过，我也知道最适合我的写作时间是从大清早开始，比如一直从早上写到中午刚过的时候。到了睡觉的时候，再把自己当天写的东西通读一下，进行最终的修改，等等。早上，再次回到书桌前，不仅有修改稿让我发动起来，在睡梦中产生的所有美妙的想法也都等着我处理。一直以来，我在诗歌创作中碰到的无数问题都是在睡梦中解决的。当你的意识停止运转后，你还是应当给自己的大脑布置一些任务，它很有可能会完成任务的。

阿里·梅尔： 只要能腾出超过三十分钟的时间，而且能找到一个可以坐下的地方，我便可以开始写作。

瓦西里·穆兰吉拉： 我们一向难以抽出足够的时间把我们想做的事情都做完，抽出时间写作就更是难上加难了，尤其是当学生的时候，你有无数作业要做，还有其他的事情要做。不过，我总是在深更半夜的时候写东西，这个时候很平静，周围一个人都没有。在这种时候，我就能集中精力工作了。

克里斯蒂娜·默里：我经历过一段长期失眠的生活，所以很多作品都是在半夜里写的，如果天气好的话，通常还都是在屋外写的。我不介意在半夜写作，事实上，我通常都更愿意在这种时候写作，因为只有在半夜的时候我才能获得绝对的安静。

比尔·洛巴克：以前，我总是挑三拣四。现在，随时随地，只要有一点时间我都会用来写作。

乔治·桑德斯：我是在上班的时候写出处女作的，所以我对写作时间和地点的要求非常低。我在公共汽车上写，在深夜里写，在应该写技术报告的时候写。所以，现在我写作主要是图个开心。在理想的情况下，我喜欢在感到自由、头脑活跃的时候写东西。反过来，写作也会逐渐让我感到自由，让我的头脑活跃起来。

密苏里·艾丽斯·威廉斯：我喜欢在白天创作诗歌。在白天，我可以听别人交谈，观察周围的情况。

为什么写作？为什么要和别人分享你写的东西？

阿米拉·阿尔·萨姆拉伊：我喜欢写作是因为我想把内心的想

法都写在纸上。在大多数时候，写作都能治愈心碎的人，消除对他们造成伤害的因素。和别人分享我自己写的东西给了我不断写下去的动力，让我感到我的作品对别人产生着影响。

理查德·布兰科：我写作是为了对世界、对自己、对其他人有新的认识。我和别人分享是因为我希望读到我的文章的人能够对世界、对自己、对其他人产生新的认识。

伊丽莎白·吉尔伯特：我写作是因为写作带给我喜悦。我知道我的这种态度不太符合德国浪漫主义的标准，可是我就是很喜欢写作所具有的强大的魔力。但这并不意味着写作是一件轻松的事情，这只能说明我觉得写作很有趣，我对有趣的事情的喜爱超过了其他任何事情。我喜欢为了一项工作大伤一番脑筋，我喜欢人所付出的努力和古怪神秘的创造力相交汇的那种神奇而陌生的感觉。我愿意和别人分享我的作品，因为我想为世界带来欢乐。我不希望自己成为一个贪婪的人，也不希望自己过于看重自己或者把什么都埋在心里。我认为，出于同样的原因人们应当共同分享很多事情。我对汤姆·威兹做过一次采访，在采访中他说："作为音乐家，我做的就是为人们的内心世界制作珠宝。"我很喜欢这种说法——艺术不必成为世上最宏大、最重要的事情，艺术工作者所承担的风险也不一定像他们有时候想象得那么大……我们做的其实就是为人们的内心世界雕琢珠宝。这是多么美妙的职业描述啊！

埃米莉·霍利迪： 为什么写作？写作能够帮助我对我所创造的人物产生同情和共鸣。一旦写了一些有关现实的东西，我就能够对现实有更好的理解。为什么分享？因为故事是一个神奇的工具，借助它你就能够跟随别人的思想进入他们想象的世界，用他们的思维方式进行思考。

阿鲁纳·肯伊： 我决定记下自己的故事是为了帮助社会大众了解我们的文化、信仰，以及我离开祖国的原因。

朱利安·马约尔金： 值得讲述的故事永远都应当被写出来。

坎贝尔·麦格拉思： 作家写作的原因有很多，小到寻常生活，大到宇宙万物。我创作诗歌的一部分原因如下：
一、艺术很有趣。对我来说，写诗就相当于成年人的手指画[1]。
二、诗歌的核心就在于跟语言的亲密接触，这是一项不可思议的挑战，或者说相遇，或者说摔跤比赛。写作进展顺利的时候，诗歌和语言就如同抹香鲸和巨型乌贼一样，在太平洋最深的海沟里进行着交战。

---

[1] 用手指涂鸦，通常是小孩子画画的一种方式。

三、写诗让我远离平庸生活。

阿里·梅尔：这两个问题的答案是任何一位作家所能想明白的最重要的事情，只要他们渴望写出伟大的作品。现在，我也还在寻找能令自己满意的答案。

瓦西里·穆兰吉拉：我写作是因为我喜欢写东西，我跟别人分享我的作品是因为我喜欢别人读我的作品。不然，还能有什么原因呢？

刘易斯·鲁滨逊：伏案写作期间，有时候我会感到自己怎么都无法把一件事情描述清楚，有时候还会觉得自己才华不足，无法写出一个好故事，这种时候我就会陷入深深的抑郁情绪。但是，到了一定的时候我还是会意识到自己能够强行突破这些自我怀疑的时刻，埋头写出一些令自己觉得充满生命力的句子、段落，甚至章节。我对写作的痴迷超过了其他任何事情。

比尔·洛巴克：我就是希望有人爱我。

麦基·伦扬博：我是一个沉默寡言的人，喜欢把一切都埋在心里，但是我经历过战争，亲眼目睹过很多好事和坏事，我需要一个能够让我宣泄痛苦和喜悦的渠道。写作似乎是最适合我的一剂良药。

理查德·拉索：对我而言，写作就是思考。更重要的是我如何思考，而不是我在思考什么。写作使我放慢节奏，考验我对真相持有的观点、看法和经验。我在闲谈时提到的事情消失了，这令我感到开心，因为其中绝大部分都不值得被重新提起，也不值得被记住。将思想落在纸上就意味着你更坚定地相信它，愿意捍卫它。听到从我们自己的嘴里说出笃定的话时，我们都会感到惊讶——直到说出来，我们才知道自己相信这些事情。在写作的过程中随时发生着这种事情。我写作不是为了把自己的所思所想告诉别人，而是为了发现我自己的所思所想。

贝齐·肖尔：我想我们都必须一而再再而三地问自己这个问题，我们得到的答案不止一个，而且在不断变化着。有时候，我们产生写作冲动或许是没有理由的，这种冲动就是我们的一种渴望——用文字塑造某种东西，对世上美好或者恐怖的事情、对悲欢离合做出回应的渴望——有的人需要认清形势，需要做出回馈。或许，促使我们发出叹息、倒吸一口凉气或者放声大笑的也是同样的冲动——世界拨动了一根琴弦，产生了回响。过上一阵子，它就变成了你的一部分，同生活交织在一起，这样一来人就会继续前行，一心想写出比以前的作品更优美、更准确、更真实或者更具有挑战性的作品——原先的作品一经完成就暴露出了自己的瑕疵……至于分享，我觉得当一个人在创作了好一阵子，文章也经过了修改和调整后，就应当把文章发给大家。否则，传播渠道就被堵塞了。此外，作者还有一种必须放手的感觉，让自己的作品受到更多人的审视，这样它才不会变得矫揉造作。正如在人的生命中一样，放手，是写作过程必不可少的组成部分。

乔治·桑德斯：大多数时候，我都认为我们写作是因为我们喜欢写作。对我来说绝对是这样的。写作让我觉得我还活着，让我保持警觉，让我充满自信，让我对其他人产生更强烈的同情。写作还是（或者说能够成为）一种健康的捍卫个人权利的方式，帮助我们获得一点力量，培养一点个性。达到最高水平的时候，写作就会打破或者说至少会淡化将"我们"和"其他一切"区分开的边界。

格雷斯·怀蒂德：我热爱写作的原因就在于，这是我将隐藏在内心最深处的想法和感受表达出来最纯粹的形式。写作能帮我理清思路，我感到在自己的作品中我才是真正的自己，没有经过过滤，也丝毫不受到外界的评判。我想要和别人分享我的作品是因为我想把欢乐送给别人。我还希望我的作品能够触动读者的心，就像我最喜欢的作家触动我的心一样。我的作品能够对未来的一代人产生影响，这对我来说意义非凡。

密苏里·艾丽斯·威廉斯：我认为诗歌创作是让你天马行空地发挥想象力的好机会，同时也是运用文字表达自己的所思所感的一种有趣的方式。我认为作家提高自己的最佳方式就是和世界分享自己的作品，让其他人看到你的作品，以及你的作品和其他人的作品有什么区别。

写作之路
On the Writing Process

你用什么写作，纸还是电脑，或者二者兼而有之？（餐巾纸也算纸。）

阿米拉·阿尔·萨姆拉伊：写在纸上的时候，我感到自己越写就越想写，因为纸能让我不停地写下去，没有边界。有时候，纸能帮我理清思路——我的全部感受，我正在琢磨的事情。在纸上写作的时候，我无需担心自己的语法和英文水平的问题，尤其是拼写错误的单词下面不会出现红线分散我的注意力。

戴夫·埃格斯：我先在纸上写一些笔记，然后把笔记全部录入电脑。

吉布森·费伊－勒布朗：我会随身带一个本子，里面写满了各种点子、有关小说或者诗歌的想法、句子，无意中听到、看到的事情，或者闻到的气味，诸如此类。在这个过程中，我从很早的时候就开始在电脑上工作，所有的修改和编辑工作也都在电脑上完成。

法杜穆·伊萨克：手边有什么，我就用什么写作。我记得我曾在树上、地上、沙滩上写过。刚开始学习写作的时候，我还用黑墨水在白板上写过。现在，我既在电脑上写，也在纸上写，两者都用。

阿鲁纳·肯伊：最初学习写作的时候，我总是写在本子上，然后再录入电脑。现在，我直接在电脑上打字，不再把文章写在本子上了。

朱利安·马约尔金：我是这个时代的产物，坚持用电脑写东西。

坎贝尔·麦格拉思：我的大部分诗作首先都写在日记本或者笔记本上，然后我再在电脑上进行修改和调整。干净、形象、间距清晰的电脑文字和活力十足的手书之间保持了完美的平衡。

就这样，我来来回回地修改——把新的草稿打印出来，在稿纸上写满潦草的字迹，在电脑上进行更改，然后再打印出来。

阿里·梅尔：我只用电脑写作。写得很流畅的时候，敲打键盘感觉就像是在演奏乐器，噼啪作响的按键声令我充满了活力，为写作过程增添了乐趣。

瓦西里·穆兰吉拉：我用电脑写作，我觉得这样比较轻松，因为我可以保存写下的东西，只要一有时间，我就能回顾一下，不断往里面添加新的想法。

比尔·洛巴克：现在，我基本上用电脑写作，很少再拿起铅笔了！

贝齐·肖尔：我写在本子上，手写的。前几稿草稿可以说被我藏了起来，就好像只要我不理会它们，它们就会发生神奇的变化，变得更好。对我来说，进展太快是不对的。直到文章已经在那个本子里待了好长一段时间、里面也添满了各种潦草的字迹时，我才会把文章转移到电脑里。

格雷斯·怀蒂德：我以前写在纸上，但是现在已经改用电脑了，电脑便于编辑和保存，而且不会把我的房间搞得乱糟糟的。电脑更高效，可是有时候我还是很怀念在纸上写东西的感觉，因为这是最传统的写作方式。看着自己亲手写满的二十页纸，你会想"我已经写了这么多"，这个念头会令你感到自豪，手写就会产生这样的效果。不过，当我产生某个想法的时候，写在哪里并不重要——餐巾纸、手机，有时候甚至写在手上——只要能把自己的想法记下来就行。

密苏里·艾丽斯·威廉斯：写作的时候，我总是先用纸和笔。一旦我对写自己的东西产生了信心，我就会转向电脑，把文章敲进电脑里。

将心里的想法转化成文字的时候，你会借助笔记还是提纲？你会做大量的研究吗？

苏珊·康利：我喜欢在本子上写作。都是鬼画符，就是最初的一些想法、拙劣的第一稿。这些段落可能就包含着我正在创作的一本书里的一些关键片断的粗略提纲和宏观的想法。我写的主要不是提纲，而是很多段落描写，描述出我觉得自己想要写进作品里的内容。我认为这很重要，能让我有条不紊地写清楚自己对正在创作的作品有着怎样的打算和希望。有时候，这种做法非常具有启发性，非常有帮助。我一直让写作课的学生也这么做——跟我讲一讲，你希望自己正在创作的作品最终会是什么样子的？你对这篇文章的最大希望是什么？

伊丽莎白·吉尔伯特： 创作每一本书的时候我都会做大量的准备工作，在动笔之前往往会花上几年的时间进行准备。准备工作通常都涉及大量的研究工作（阅读、研究、采访、旅行、观察、列提纲）。面对任何主题，首先我得沉浸其中，然后才能动笔。我必须感觉到我充分理解了自己正在做的事情、要去的地方，然后才能开始创作。我会在索引卡上做一些笔记，再把卡片都整整齐齐地放在鞋盒里。我还没有找到比索引卡更好的方法。在准备的过程中花费的力气越多，实际的写作过程就越轻松，越令人感到开心。当我还是一个满怀抱负的年轻作家的时候，我根本不理解这个诀窍，我还以为你要做的就只是坐下来，拿出一张白纸，凭空创作一些东西。结果，我吃尽了苦头，由于沉浸在空洞的痛苦中，心态也失衡了。现在，我再也不会那样了，准备工作就是一切。

埃米莉·霍利迪： 近来，我在写作时首先会把想说的话都写下来——着重号，只言片语，很随意的一些段落。我先把心里的想法胡乱记下来，日后再将其整理成提纲。在写提交给学校的论文时，我总是要做大量的研究；但是，写日记不需要证据，所以我喜欢写日记。

阿鲁纳·肯伊：通常，我都要汇出提纲，还要做一定的研究。关于我的家乡，网上没有多少信息可查询，所以我更依赖于家人，对于我想写的有关家乡的话题，他们能够为我提供帮助。

莉莉·金：创作长篇小说之前，我通常总是会做上一些笔记，写出一些完整的句子，但是也不太多。写作过程中，只要有需要，我就会做研究。最近出版的一部长篇小说《狂喜》是个例外。在动笔之前我已经写了一大本笔记，因为有关这个主题的所有知识对我来说都很陌生，书中写到的所有内容——人类学，巴布亚新几内亚以及当地的土著部落，1933年——我都得进行一番研究。开始创作长篇小说的时候——用手写的方式写在横线本上——一想到什么，我就记在本子的背面。等到笔记变得混乱不堪了，我就整理出一个小小的时间轴，这样有助于我想清楚故事应该朝哪个方向发展。

乔纳森·莱瑟姆：我从来不列提纲。我倾向于让故事保持住渴望表述自己的那股力量，让故事自己讲述自己，我不敢把那股冲劲和压力浪费在提纲这种临时性的东西上。至于研究，我通常只会在不得不做的情况下才做一些研究，只是为了让自己对正在探索的某个世界、某种职业或者思想体系的本质和细节有更清楚的认识。但是，我认为只要你觉得能少做准备，那就尽量少做，这样才能留下一片黑暗而广阔的空间供你的写作，你的希望、谎言和梦想,自由驰骋。这一点很重要。

阿里·梅尔: 创作长篇小说的时候,我会花上几个月的时间进行大量的研究,但是我会把列提纲的工作压缩到最低限度。提纲固然能帮我在心里勾勒出小说的大致轮廓,但是我发现如果写得太多的话,提纲就会削弱我快速创作的兴奋感。完成整部书稿后,我就根据事件排列出一个提纲,然后修改提纲,让事件的进展变得合理,感觉没有错,然后我就再拿起书稿,开始相应的加工和改写。

刘易斯·鲁滨逊: 我不会先把提纲写出来,事先也不会做研究,但是等写完一百页,我就会为已经写出的内容列提纲,以便我更轻松地把写过的内容记在脑子里。也是在这个时候,我才开始做研究。

比尔·洛巴克: 我有可能会在纸上或者手机上做一些笔记,但是从来不会写提纲,绝对不会。即使有提纲之类的东西(例如索引卡),也都是在写完几稿之后。我会做大量的研究,还经常写报告,但是我会先写出一部分内容,然后才进行研究,这样我就知道我需要研究些什么了。这时候,通过研究我就会知道自己应该写些什么。写着写着,我又会知道自己应该对什么问题进行研究了。就这样,这个过程循环往复成了一个盘旋上升的疯狂的大漩涡，不到出版，不会结束，甚至出版了都不会结束。

格雷斯·怀蒂德： 我喜欢坐下来，纵情写作，把当时想到的统统写在纸上。不过，要是我希望自己写的某一个情节或者某种情况符合事实，我还是会花上几个钟头的时间做研究。我更喜欢写虚构作品，能够按照自己的想法改变一切。但是，如果写的虚构作品属于写实主义的，那我就会尽量写得真实一些。我发现我写得越真实，作品就越是能触动读者。

密苏里·艾丽斯·威廉斯： 我就是想到什么写什么。

诺厄·威廉斯： 把一个想法落在纸上的时候——更多的时候还是写入文档——它必须通过三项考验。首先，我必须一直想着它，直到将它牢牢地记在脑子里，这样我才能想起来要把它写下来。第二，它必须足够好，值得我把它添加进我不断写下的一连串想法中，这些想法包括情节、篇幅、地点、故事内容。最后，这个故事必须令我感到兴奋，让我产生把它写出来的欲望。此外，我还喜欢提前为我要写的内容构想出时间轨迹。动笔写作的时候，你的想法有趣、清晰得能让你一气呵成，还是需要你试探和修改上几个星期才能形成清晰的思路？如果某种想法离我远去了，那我通常会将它暂时放在一边，先处理其他的想法。

动笔之前你对写作内容了解多少？

克里斯蒂娜·默里：创作诗歌的时候，我基本上都只清楚第一句要写什么。第一句通常都是我自己想到的，但是接下来内容都是毫无计划、意料之外的。

理查德·来乐：我估计这得取决于主题。如果写的是我自己的生活，那我对自己要讲述的故事就十分了解，至少有一定的了解，这时我会一边写，一边随时把新的想法补充进去。但是，如果写的是一个男孩遇见一个女孩的故事，我就知道得很少了，甚至一无所知。不过，一动笔，各种想法就会冒出来，然后我会一边写，一边把零散的内容整合起来。

贾德·科芬：有时候，我能把整个故事框架看得一清二楚，就像看着自己的两只手一样。有时候，我完全不知道这件事情为什么会吸引我，只知道自己怎么也忘不了这件事情。不过，在构思故事的时候，我的大脑通常都以超光速的速度运转着，就连寻常的事情也都不给我插手的机会，它们会自动加进故事里。

苏珊·康利：写虚构作品的时候，我对作品的走向几乎没有什么概念，这就是一段旅程，走向未知的一页，任由故事自己讲述自己。其中的诀窍就在于，你应当对这段旅程保持开放的心态，关于故事里的人物和动机，一路上你会逐渐掌握多得惊人的信息。在虚构作品中，一切都处在不断的变动中，一切都有可能改变。非虚构类作品则完全是另一种生物，这类故事本身往往都是确定的，我们知道故事的开头和结尾都是什么样的。所以，非虚构类作品的神奇之处就在于你讲述故事的方式——如何在写作中留出足够的空间，以便转变话题、避开主题，以及在既定的主体故事中提及一些不太重要的、出人意料的故事。

戴夫·埃格斯： 通常，我都对书的全貌有大致的把握。

法杜穆·伊萨克： 我觉得身为作家，在动笔之前，我并不是每一次都知道自己要写些什么。我选择写在文章里的词句都是在写作的过程中突然从我的脑袋里冒出来的，无论是什么样的语言。

莉莉·金： 动笔之前我对自己的写作内容其实是不太了解的。我有的主要是感觉，而不是情节，主要是对主人公的想法以及他们对彼此的影响，而不是会发生什么。

比尔·洛巴克： 我喜欢这个问题，喜欢这句话里提到的"内容"。在动笔之前，我对写作内容已经有了一定的了解，也就是说，了解得不多！但是，动笔的时候我总是以为自己无所不知。

贝齐·肖尔： 事先我什么都不知道，一无所知，诗歌的走向常常会令我感到吃惊。有时候，我需要花上数月的时间玩味各种意象，试试这个，再试试那个，然后才能对一首诗的内容产生一些感觉。这正是我最喜欢的部分——什么也不知道，只是一味地改变意象、措词、腔调，直到这些元素似乎有了一定的轮廓，有了自己的去处。当然，有时候各种元素的结合比较快，但是更多的时候诗歌创作就是这种缓慢发现的过程。

乔治·桑德斯： 我通常都尽可能地少了解一些。这样一来，故事就不会变得过于程式化，说教气也不会太浓。我的写作过程基本上都是朝着最积极有力的方向发展下去，有点像划木筏子的感觉，你的工作就是保证木筏子始终待在湍急的水流中。每一句话都应当如此——或许你还有一些比较宽泛的目标（也许让兰斯爱上了苏珊？）但你还是应当努力保持开放的心态，倾听故事本身试图告诉你的一切。

格雷斯·怀蒂德： 我的工作方式很有意思。有时候，如果面前有电脑或者一张纸，我就会立即开始创作，根本不考虑完整的情节；有时候，如果没有地方保存自己的想法，我就继续在心里构思，直到几乎把整个故事都构思出来。所以说，得具体情况具体分析。有时候，我会从一句很有启发性的话着手，一直把之前构思的整个情节都写出来。

诺厄·威廉斯： 坐下来开始写东西的时候，我通常都已经想好了故事里最具戏剧性的部分，不然就是能让故事更加有趣、更加令人兴奋的片段——但愿读起来也是如此。当然，诗歌除外。写诗的时候，我提笔就写，清空大脑，等着诗句自动从我的脑袋里冒出来。我发现这种做法极其令人放松，通常也十分有趣。

莫妮卡·伍德： 动笔的时候我什么都不知道。我只是按照自己的语言方式一句接一句地写下去，直到故事自动展现出来。这个过程有可能会花去两年的时间，一写就是四百页纸。然后，我会把这一切统统丢掉，重新开始，这时候我就知道该写什么了。我也希望有捷径可走，可是写作是没有捷径的。

你会按照时间顺序从头写到尾，还是先精心构思故事里的事件，之后再处理事件的排列顺序和事件之间的过渡问题？

梅利莎·科尔曼： 写第一本书的时候，我试图按照时间顺序写，写得很吃力。结果有一次我梦见已经过世的姐姐坐在我旁边，在用珠子串项链。她说了一些话，大致就是专心穿好每一颗珠子，一次串一颗。在那之后，每当我坐下来动笔写作的时候，我就把回想起来的事情都写下来。然后，在编辑的过程中我又会回过头，按照时间顺序把回想起来的事情就像一颗颗珠子一样串联起来。

苏珊·康利：我往往会从头写起，但是很快我就会开始跳跃前进，把脑袋里冒出来的片段写下来。然后，我再返回去，看一看能把这些片断塞进哪里。这个过程很混乱，可是我始终都记得线性的时间顺序这个概念，这样一来，在必要的时候我就能够给所有的片段都安排好顺序。我觉得线性的时间框架是始终存在的，所以你可以打断它、破坏它，但是不管怎样它始终存在着——它就是心跳，是记录生活的声音轨迹。

戴夫·埃格斯：写的时候我不遵循任何顺序，写完再进行组装。

阿鲁纳·肯伊：不，我不会按照时间顺序从头写到尾。我会精心构思故事里的事件，之后再处理事件的排列顺序和事件之间的过渡问题。我会尽可能多地写出一段段零散的文字，之后再将这些段落组织起来。

乔纳森·莱瑟姆：我的目标是像读者一样尽量体会文本，让它自动展现在我的面前。这时我的心里会产生一种神秘的紧迫感，每当读到杰出的作品时我就会产生这种感觉。所以，从开头到结尾这个目标始终如一地支配着我，无论受到多么强烈的诱惑，我的写作都绝对不会出现跳跃式的前进。相反，我急于写出的片段——通常都是用在全书结尾处的一些十分精彩的套路——会刺激我坚持写下去。我急于把它们写出来的心情有助于我逼着自己走完这条漫漫长路。

比尔·洛巴克：我的写作顺序乱七八糟，表面上看似乎是按照时间顺序，在写作的过程中我也觉得挺合理的，可是等写完后基本上就变得不可理喻了，然后我就会进行调整。

麦基·伦扬博：起初，我的确在按照时间顺序写作，可是这种方法不适合我，所以我就决定先把事件写出来，然后再把一个个片段组装起来。

格雷斯·怀蒂德：以前，我总是按照时间顺序写东西，可是我发现相比其他情节，我会对正在构思的情节不太有把握，于是我就把写作过程分解开，一边写一边组装。如果先把自己比较有把握的内容写出来，这些内容就会帮助我写出我不太有把握的部分。

密苏里·艾丽斯·威廉斯：我始终都在按照时间顺序进行创作。

你会边写边修改每句话，还是日后再修改？在你的写作过程中，重写占了多大的比重？

阿米拉·阿尔·萨姆拉伊： 我知道任何事情都不可能做得完美无缺。有时候，一边写一边修改写下的所有内容会比较花时间，所以我更愿意等到完稿之后再进行修改。

戴夫·埃格斯： 兼而有之。重写、自己修改、交给别人修改，这些做法都很重要。认为自己的初稿很棒，没有需要修改的地方，这种想法很危险。要是你产生了这种想法，那你就有大麻烦了。

吉布森·费伊-勒布朗： 两种方法我都经常采用。我发现早先写的句子本身就蕴含着一股能量和独特的色调，这些都能帮我确定接下来我要前进的方向。有时候这些早先写下的句子显得非常完整，有时候我要将它们锤炼一番，然后继续写下去。如果写的是散文（字数那么多），我往往会逼着自己尽量不要在写作的过程中进行修改。我会尽量增强冲劲，然后再花上很多时间回顾写下的内容，大声朗读每一句话。如果写的是诗，我往往会一边写一边修改（之后还要修改），诗的形式和结构也能帮我确定接下来要怎么写。无论怎样，我还是要花大量时间改写。我文章里的大部分句子都经过了彻底的改写。

阿鲁纳·肯伊：写作过程中我不会修改，等把所有的想法都写出来后我还是会进行修改的。通常，我都会把自己的作品寄给讲故事工作室的人，让他们通读一下，给我一些建议——哪里需要补充一些内容，哪里需要删减一些内容。

阿里·梅尔：每一天，坐下来开始新一天工作的时候，我都要把前一天写的内容修改一下。这样能够让我的记忆恢复活力，让我的大脑重新进入创作的状态，能让稿子变得整洁一些。今天，我估计改写的比例占到百分之七十。改天问我的话，我的回答或许又不一样了。

刘易斯·鲁滨逊：我总想成为那种在写作的时候不修改的作家，可实际上我不是这样的。在写作的过程中，我会不断地修改一些句子甚至整段话。

比尔·洛巴克：我的作品全都经过了修改。差不多每一个词都是如此。首先我会在脑袋里改写，在写的过程中一边写一边修改，写完后再从头开始，全部的内容都要重新修改，丢掉一半的内容，然后再继续修改。在创作的过程中，我往往会写出一些很精彩的句子，但是其中有很多句子到了后来都被删掉了。干吗要花这个时间呢？这是一个设问句，因为通常我都会花时间做这件事情。

理查德·拉索： 当我还是一名年轻的作者时，在把故事彻底讲完之前，我从不操心修改的问题。直到我知道故事情节已经没有问题了，我才会返工，看一看写下的内容是否符合叙述的需要。我为什么要花费大量时间精雕细刻我有可能会从书中删除的一段、一页甚至一章的内容呢？现在，我已经六十四岁了，我始终会修改写下的内容，写作过程中的每个阶段都在修改，一部分原因在于我十分讨厌难看的句子，总是想把它们修改得好看一些，同时也是因为表述不够准确或者不够清晰的内容是错误，它们会催生出其他错误，还会成为叙述的根基，而你的作品就建立在这样的根基之上。文章不必要求完美，但是用木工的话来说，从水平方向上来看应当是直平[1]的。不协调的语言会让文章的结构倾斜。正确的措辞、完美的意象、精准的对比都会写出真实的细节，它们会催生出更多读起来很真实的细节。一本好书就是这些读起来很真实的细节的集合。

格雷斯·怀蒂德： 我发现我喜欢一直写下去，中间不进行修改，因为这会打断我的思路。等到完成相当一部分内容后，我才会折回去，把句子修改得连贯一些，替换多余的词句。不过，我很讨厌修改的工作，因为我会发现之前写的内容错误百出，到最后我就想把整个故事都重写一遍。所以，我的大部分作品实

---

[1] 建筑术语。

际上都是草稿。

莫妮卡·伍德：我的作品全都是重写的结果。

出版之路
On the Publishing Process

写作过程什么时候才算结束？

安·贝蒂：感到自己不必再抓着救命稻草，该有的要素都有了——连贯，交叉，一切尽在我的掌控中，文本和文本背后的潜台词突然形成层次丰富的片断，故事目前达到的边界得到进一步的拓宽。

梅利莎·科尔曼：它不再跟我说话的时候。

萨拉·科比特：哈，没有结束的时候！只要还能从头再来，把全部内容重写一遍，我还是会重写的。任何一次写作都没有结束的时候。它只是猛地从你的手上被夺走了。

莉莉·金： 我估计就是我写了好几稿，把能润色的地方都润色完，将其拿给我最好的读者、我的代理人和我的编辑，吸取了他们提出的所有意见，然后又修改了几遍之后——到了这时候，就算是结束了吧。通常，到了出版的那一天，一切修补工作就都宣告结束了。

阿里·梅尔： 我不是那种能一直修改下去的人。我觉得修改过度的故事就会显得像是一张注射了"保妥适"[1]的脸。它或许看起来更美了，可是失去了天然的自我表达能力。

迈克尔·帕特尼蒂： 嗯……永远都不会结束？即使看到书已经出版了，我还是会在脑子里继续修改。这是一种病吗？有可能吧。不过，我认识的大部分作家似乎也都有着同样的毛病。

比尔·洛巴克： 保尔·瓦雷里[2]不是说过吗？"诗歌永远没有结束的时候，你只是将它放弃了。"我也是这么认为的。这就是我的回答，所有的文学体裁都是如此。

---

[1] 一种肉毒杆菌毒素品牌。
[2] 保尔·瓦雷里（1871–1945），法国象征派诗人，法兰西学院院士。——译者注

麦基·伦扬博：我觉得我创作的故事从来没有结束的时候。我是说，没错，我试图将故事写完，可是每次我都在想，哦，我应该把故事讲得……

理查德·拉索：我写的书（故事或者文章）基本都是当我意识到继续修改只会让它变得拙劣的时候就写完了。在此之后，根据编辑的建议我有可能还会做一些小的修改，但是这样的修改就属于日常工作了。

格雷斯·怀蒂德：只要我觉得结束了，写作就结束了。有时候，我事先已经构思好了结尾，但是等写到最后的时候，我又发现相比之前写下的句子，我更喜欢另一句结束语，于是我就把结尾换成了后一句话。大多数时候，我都会把自己写的东西反复读一读，除非打算采用比较开放的结尾，否则我会试着对作品中没有给出答案的问题都做出解答——这些问题都是读者有可能会提出的。

对你来说，文章的标题意味着什么？

阿米拉·阿尔·萨姆拉伊：有时候，在无需了解故事内容的情况下，标题就能够阐释清楚整个故事。一个十分有效的标题能够引发出一个有趣的故事。对我而言，标题有着很重要的意义。要想理解故事，我首先需要理解标题。

安·贝蒂：我不记得任何标题，无论是别人的作品还是我自己的作品。这并不是因为我的记忆力很差，而是因为我不希望贯穿在整个作品中的东西被单独剥离出来、变成让面团膨胀起来的酵母。你必须有一个标题，这我明白。多年来，我一直喜欢只有一个词的标题。这种标题看起来像是对人们观念中的标题做出的让步——不确定，具有与生俱来的神秘感（没有提供足够的信息），用词谨慎。标题的用词谨慎一些总是有好处的，尽管现如今更流行难以被记住的长标题。

理查德·布兰科：我觉得对于诗歌来说标题的作用很大。标题应该跟诗歌的开头第一句话一样。

吉布森·费伊-勒布朗：标题具有很多不同的功能，所以对我来说标题很重要，我也会花很长时间构思标题。对于我的这本诗集，在创作的那几年里我想出了大概二十个不同的标题，目前正在创作的这部长篇小说也已经有了几个不同的标题。我对标题的迷恋很有可能源自于我在诗歌方面受过的训练。读者首先会看到标题。这是诗歌第一句之前的第一句。它为整首诗奠定了基调。它可以指向内容，也可以偏离内容；它可以成为诗的入口，也可以产生误导；它既可以拓宽也可以缩小诗的内涵。一个非常好的标题能够让原本就精彩的作品变得更加精彩。

阿鲁纳·肯伊：我的标题通常都能让我想起对我来说有着重要意义的某件事情或者某个人。例如，回忆录的标题"两条河之间"就能让我想起我们那个村子。

乔纳森·莱瑟姆：不到最后一刻，我似乎永远都想不出能让我和出版人都感到满意的标题，所以标题对我来说似乎就意味着我终于把作品完成了！

坎贝尔·麦格拉思：标题就像高悬在高速公路入口匝道上方的广告牌，是在读者踏上这段旅程之前向他们传达信息的好机会。让这块广告牌空着就太愚蠢了，不是吗？一定要把标题利用起来！

阿里·梅尔：没有多少意义。

瓦西里·穆兰吉拉：对我来说，标题的意义很重要，吸引读者对你的故事产生兴趣的正是标题。写完文章后，我总是慢慢地寻找标题。标题必须契合整个故事。

比尔·洛巴克： 标题非常重要。标题可以帮你认清你已经完成的或者将要写出的作品；对于你手头的作品，标题能够向潜在的读者传达出一条具有多层含义的信息。

麦基·伦扬博： 我认为标题是最难构思的部分。标题应当能够吸引住读者。整个故事都挂在一个小钩子上。

理查德·拉索： 在我看来，标题大多都具有启示性。好的标题能够显示出我清楚自己的书讲的是什么。你用不着"构思"。在我的一部小说里，有一个名叫"帝国烤肉"的餐馆，餐馆背后有一条河，那条河越流越窄，最后变成了一道瀑布。有一天，就在创作的过程中，由于失误我把"帝国"和"瀑布"两个词写在了一起。我盯着这两个词看了一会儿，随即意识到我的潜意识为书中的小镇找到了名字，也为这部小说找到了一个层次非常丰富的标题。

格雷斯·怀蒂德： 我很重视标题，因为我自己在找书的时候引起我注意的往往都是标题，而不是封面。我觉得标题是对故事更纯粹、更浓缩的阐述。也正是因为这个原因，直到把故事写完后我才会拟定标题。很多人都觉得我的这种做法很讨厌，其实我觉得这样拟定标题才是对的。

密苏里·艾丽斯·威廉斯： 标题很重要，因为标题可以告诉读者你的作品讲的是什么。写诗的时候，我会先把标题写出来，将其当作一种提示工具。我还是更喜欢这首诗原来的标题"香烟"。

诺厄·威廉斯： 标题就是一切。谁都不会花工夫读一本标题很差劲的书！对于一篇内容晦涩的作品，根据具体的内容，我的标题有可能是半遮半掩、欲擒故纵的内容梗概，也有可能就是老老实实的说明。但是，我相信任何作品都应当有标题，标题的美妙之处就在于随着作品的发展和改变它也在不断地演化着。

莫妮卡·伍德： 对我来说，标题之所以重要完全是因为一旦想好了标题，我就知道故事讲的是什么了。在创作过程中，直到很晚的时候标题才会出现。

出版商对你的写作具有怎样的影响？

贾德·科芬： 最初会有很大的影响，等到我绝望了，再一次意识到对出版商的关注只会把我的脑子搅成一锅粥的时候，我就放手去做了，仿佛我的合同只是跟宇宙——或者别的什么东西——签下的。

萨拉·科比特：我认为通常出版商都不会对作者的创作产生影响，但是十分优秀的编辑对作者来说不啻为最好的馈赠。我同一位编辑已经合作十五年了，她就是供职于《纽约时报杂志》的伊莱娜·西尔弗曼。她是一位才华横溢、充满爱心、直言不讳的人，我已经是在为她而写作了。她为我设定了标准，我会想："她会参与吗？""她明白我在说什么吗？""她会说我写得太一本正经、词藻过于华丽，还是会说我太懒了？"你知道吗？猫外出猎食的时候会在台阶上留下一只老鼠当作贡品。我觉得我对我的编辑也是如此。我不会用没有什么意义或者没有什么内容的作品浪费她的时间。我在努力工作，试图用摆在她脚下的"贡品"给她留下深刻的印象。伊莱娜不会信口恭维你，这意味着一旦她说你做得很好，你尽可以相信你真的做得很好。有人这样激励你，真好。

比尔·洛巴克：在一个完美的世界里，写作就是一种相互协作的美好事业。当然，世界并不完美，所以经常会出现一些糟糕的情况。不过，我已经学会如何坚持自己的立场了。

格雷斯·怀蒂德：我一心想要取悦更广大的读者，因此我会听从编辑和出版商提出的大部分意见。但是，如果我不同意他们的意见，那我还是会坚持自己的立场。有一次，别人跟我说我应当在作品中补充一段对话，我不认可对方的意见，但我还是补充了一段对话。后来，我又把这段对话删除了，我觉得这段对话削弱了作品的力量。我想这是我做过的最正确的一个决定，因为我坚持了自己的想法。

关于你的作品，在读者向你做出的反馈中最令你难忘的是什么？

理查德·来乐："你的故事触动了我。"我永远都忘不了这句话。

理查德·布兰科：别人告诉我他们因为我的一首诗而落泪，这种话永远令我难忘。

贾德·科芬：对于我的第一本书来说，我觉得最动听、最不可抗拒的一句概述就是"一场没有出路的任性之旅"。

伊丽莎白·吉尔伯特：我最喜欢听到别人告诉我他们觉得我完全是在和他们说话，或者我的书完全就是为他们写的。我希望人们会产生这种感觉——一种窃窃私语的亲密感。事实上，我的书是写给大家的，也是为了大家而写的。我的一些朋友是长篇小说作家，他们的看法就有所不同，他们说："我完全只为自己而写。"从某种角度而言，我理解他们的做法——他们试图让自己的创作过程丝毫不受外界的影响，试图让自己不会由于创作结果、失败或者成功、别人变化无常的反应和期望等因素而仓促了事或者感到失望。但是，我有着不同的看法。我很想接触到读者——无论是因此感到开心、获得信息、受到督促，还是调动复杂的感情。在写作的过程中，我感到自己有责任始终意识到读者的存在，因为作为读者，在沉迷于一本书的时候我就喜欢拥有这样的感觉。我喜欢感到有人在乎书页另一端的人。我喜欢这种感觉所蕴藏的那种情谊，读者和作者的交融感。

莉莉·金：我读高二的时候，英语老师在我的一篇短篇小说下面写了一句话："莉莉，你是讲述家族传说的高手。"我永远也忘不了这句话，也忘不了这句话给我的感觉，几十年后这句话依然带给我同样的感觉。

克里斯蒂娜·默里：有一次，别人跟我说我的诗写得颇有讽刺意味，而且还风趣、外向——像我这样腼腆、矜持的人写出这样的诗真是出人意料。

刘易斯·鲁滨逊：在第一本书出版后，我碰巧回到了曾经就读的高中，见到了几位老师。其中一位老师说："我读了你的书。我感觉你写的就是这个城市，你把它打碎了，然后把碎品装进一个口袋里，又把口袋使劲地甩了几下。"我知道这本书令她感到苦恼，我有些难过。但是，现在回想一下我们的对话，我竟然开心地有些头晕目眩。

比尔·洛巴克： 我写过一个已经过世的朋友，他的母亲说每逢他的生日，我的作品都让儿子在她的面前复活了。

理查德·拉索： 有时候，我会参加作品的巡回宣传活动或者在别的地方做一堂讲座，在这个过程中会有人走到我跟前，对我说我的某一本书帮助他们熬过了一轮化疗，或者在他们遭遇惨重损失的时候，帮助他们渡过了难关。有一个男人告诉我读了我的长篇小说《危险水池》后，他放下了书，拨通了父亲的电话，他已经有三十年没有和父亲说过话了。我们为什么要读书？我们为什么要写书？这就是原因。

格雷斯·怀蒂德： 我还记得有人曾跟我说过他们仰慕我，希望日后也能像我一样写写东西，这番话令我喜不自禁，因为我在大半辈子里一直在仰慕别人。所以，成为别人的榜样对我产生了极大的激励作用。还有不少人也都会走到我面前，跟我说我的作品触动了他们，几乎让他们落泪，这让我知道我有能力对别人产生影响，我也的确做到了。除了亲朋好友，第一次有人向我索要签名的时候，我感到飘飘然，因为我意识到我的作品受到了重视，我距离实现作家梦的那一天不远了。

密苏里·艾丽斯·威廉斯：人们总是告诉我他们之所以喜欢我的作品，是因为我的作品发出了"一种声音"。

莫妮卡·伍德：有一次，俄勒冈的一个女人写信告诉我在父亲去世后，她为母亲大声朗读了我的一部小说，结果母女俩之间已经存在了二十五年的裂痕弥合了。听了她的话，我哭了好久。

在你认识的人当中，你最希望谁会喜欢读这本书？

理查德·来乐：在我认识的所有人当中，我最希望埃尔维斯能读一读这本书。这篇文章就是为我的弟弟埃尔维斯写的。

安·贝蒂：我希望这本书的理念会令某人感到惊讶，这本书让写作过程显得既有趣，又具有互动性，事实也的确如此。

贾德·科芬：我的母亲，还有不久后就要来到这个世界的女儿们。

梅利莎·科尔曼：所有的年轻作者，也包括我的女儿。

埃米莉·霍利迪：我希望老年人能读一读这本书，因为他们有那么多故事可以跟大家分享。也许这些文章可以激活他们的记忆。

法杜穆·伊萨克：在我认识的所有人里，我最希望我儿子有一天能爱上这本书。以及我的家人和朋友。还有老师们和导师们。

莉莉·金：我希望那些一直想写作、但是有可能都不知道或者不承认自己有这种渴望的人会喜欢这本书。希望他们在读了这些文章后，一切突然变得清晰了，他们充分产生了对写作的渴望，因为这种渴望一直存在于他们的内心，一直在等待着这一刻的到来。

朱利安·马约尔金：我的营销团队，我的同事们。

坎贝尔·麦格拉思：我希望我的孩子会喜欢这本书。书里收录的故事，讲述年轻的生命和他们经历的艰难困苦的故事，以及书中传达出的信息——文学是帮助自己超越这些艰难困苦的一种手段——都是非常好的教育。我打算将这本书送给我的孩子、外甥和侄儿。

迈克尔·帕特尼蒂：我的女儿梅！她会喜欢这本书的，因为无论读到什么，她总是会相应地写一写自己的故事。她的房间里满是日记和纸，上面写满了笔记和简略的描述。在她看来，每一个故事都有着自己的旅程。她系上安全带，看着窗外，然后就任由自己畅游在词句的世界中。我想这本书将会成为一趟夜班飞机，带着她去往非常适合她的地方。

比尔·洛巴克： 每一位读到这本书的人，一个接着一个，即使是我不认识的人。

格雷斯·怀蒂德： 我希望渴望在未来成为作家的人都会受到这本书的激励，就在一年前我还不曾发表过任何文章，现在我的文章发表了，而且我还准备在讲故事工作室的另一本文集中发表我的第二篇文章。梦想一点也不遥远，只要你能一直朝着梦想前进。

密苏里·艾丽斯·威廉斯： 从个人角度出发，我希望我的每一个朋友和家人都会喜欢这本书。当然，更重要的还是其他作家和诗人全都会喜欢这本书。

写作启发

家庭:《两颗牙》和《历史课》

家庭是由家人对一个个小小的瞬间的记忆构成的。写一写你自己有关家庭的一段记忆,采用以小见大的手法,通过一个小细节体现宏大的主题。你的家庭是如何从最基本的记忆一步步成长起来的?

自然:《在雨中呼吸》和《在雨中燃烧》

在诗歌中,落在纸上的词汇产生升华,具有了多重含义。萨姆拉伊与布兰科都利用语言的形式展现出了下雨的效果。萨姆拉伊用诗句的长度做文章,再加上不拖泥带水、十分流畅的语言,制造出了一种大珠小珠落玉盘的效果;布兰科则利用语言和结构进行了叙述,令读者不禁感到诗句浸满了雨水,湿漉漉、沉甸甸的。选择你经历过的一种自然现象,写一首诗,积极地运用结构体现含义。

自我:《胡萝卜》和《发现胡萝卜》

在写作的过程中如何营造气氛?这两篇文章分别营造出了

怎样的气氛？你是如何感知到的？

在《胡萝卜》中，默里写道："我知道，如果我真的是一根胡萝卜，我会是一根普普通通的胡萝卜。"写一写你希望自己能够改变的一部分自我，或者你知道不会改变的一部分自我。为什么希望改变或者不改变？如何才能做到改变或者不改变？

莱瑟姆写道："我一直很清楚蔬菜具有各自的身份是有特殊原因的，是出于某种特殊的需要。"写一写你亲眼目睹到有人为了"某种特殊的原因，出于某种特殊的需要"而改变自己的事情。

环境：《荒野》和《气温在升高》

《荒野》和《气温在升高》两篇文章产生了碰撞，吸收并且体现出了对方蕴含的意义。选择一篇不长于五百字的文章，能够促使你想要模仿其风格、主题，甚至是文中主人公进行创作的文章。

联系：《树的命运》和《那棵没有树叶的树》

"只有我们会担心树的命运。"命运即是个人的梦想，同时也是令人不安的责任。写一写涉及"命运"的一次经历。

"它用沙哑的声音问着，／或者说我听到了。／随即便默默无语地感觉着它／多么有别于我，／多么真实，／那名卫士，老卫士／我窗前的哨兵，／那棵没有树叶的树。"纳斯拉特和肖尔的诗所描述的是产生责任感或者渴望自己的命运与其他人、其他事物的命运产生联系的感受。写一写当你感到孤独、渴望自己和外界产生联系时的感受。

身份：《三个世界里的同一天》和《夜晚与白天》

将生命归类是人类的天性。在《三个世界里的同一天》中，杰亚拉尼讲述了自己在三个不同的世界里如何让自己的身份保持平衡的故事，这三个世界指的既是索马里、内罗毕和美国，同时也指校园、篮球和祈祷。在《夜晚与白天》中，麦格拉思采纳在结构（散文和诗歌）和内容上都接受了二元性："禁食和饕餮，发达和不发达，灵魂和世俗，过去和现在——那么多事物都是二元对立的，我们利用这些二元对立的事物整理和解释这个世界和我们的生活经验。"如果你必须在写作中将生活内容归类，你会怎么做？有哪些事物的分类不太明确？

在《三个世界里的同一天》中，杰亚拉尼写道："我得到了这一切，同时我也失去了某样东西，我想把它找回来。"写一写你失去某样东西的经历——无论是具体的物品，还是某种感觉。你又找回它了吗？你是如何做到的？

有时候，一切尽在不言中。在青年会里，穆斯塔夫和奥马尔在打篮球的时候穿的衣服不合时宜。杰亚拉尼写道："我没有说我还记得当年我也是这样的，不知道应该穿什么，不习惯有那么多种衣服让我选择。"用"我没有说……"开头，造一些句子。选择其中的一个句子，写一写你当时没有说出某件事情所产生的效果。

友情：《曾经的朋友》和《别有苦衷》

马约尔金写的是盖尔一步步走向堕落的过程。写一件事情，这件事情让你觉得自己对别人产生了超出你预期的影响力（无论是积极的影响还是消极的影响）。

在《别有苦衷》中，桑德斯所要展现的是自己和笔下的人物之间的距离。"我跟这个墨西哥孩子的关系有些像是水暖工学徒在面对漏水问题。"写一写你和某个与你截然不同的人意外产生关系的经历。

写一写你不得不学着疏远曾经跟你交往密切的人的一次经历。一切发生得很快，还是像《曾经的朋友》讲述的故事一样花了一段时间？

无奈：《我的解释》和《喝水》

"我看得出她很伤心，看着她独自承受这些痛苦我总是会感到不安。我觉得自己糟糕透了,我无能为力,没法帮她渡过难关,只会坐在这里,看着她的心在流血。"写一写你感到无能为力的一次经历。

在最喜欢的一本书里找一段情节,根据这段情节编写一段剧本。你会以怎样的方式在剧本中插入内心独白?你会将内心独白转变成外部对白或者同肢体动作糅合在一起吗?

变化:《游到安全地带》和《飞车短吻鳄》

在《游到安全地带》和《飞车短吻鳄》中,故事在应对悲剧的过程中起到了重要作用。围绕着主人公发生的事情不断变化着,与此同时,故事本身也成了在生活发生改变之前让一切维持原状的手段。写一写曾经帮助过你渡过难关的事情,无论是你读过的某个故事还是自己亲身经历过的事情。

穆兰吉拉和贝蒂都评述了讲述故事的目的。穆兰吉拉写道:"我想讲的并不是这件事,因为这件事会让我回想起很多令我无法承受的往事。其实,我要给你们讲的是发生在非洲的一件事,这件事令我感到开心。"贝蒂写道:"不,人们会说,不认识这两个人,即使真有这么两个人,佛罗里达的短吻鳄的故事对其他人又有什么意义?这件事所具有的更重要的意义怎么会像蓝天上的一朵白云一样四下消散、只留下一团令人着迷的罗夏墨迹呢?而人们对墨迹的解读当然绝对不可能完全正确或完全错误。"

　　写一篇散文，对下面的某一个问题做出回答：我们为什么要讲故事？我们在给谁讲故事？

幻想：《一个三明治》和《果酱般的灿烂气息》

　　练习将文章分解开，然后再将各部分重新组合起来。例如，梅尔就选择了马西森创作的一段诗歌：

在大树脚下，我脏兮兮的双手
摸到了树根，扒出了泥土，
进入了树的身体。
一棵强壮的树，一棵鲜活的树，
躯体扩张到了我们的世界，
一棵苹果树，它的味道我依然记得。

在那里的时候
我幻想着一套小小的公寓，
就在时间的中央
我的夏日刚刚从那里开始。

　　他将这两段糅合进了自己的散文中，让这两段文字通过另一种方式焕发了生命：

"我被泥土包围着,心里唯独想着叔叔给我做的大三明治,每当我回到家,来到我那棵幸福树面前时,他都会做给我吃。我不顾一切地在泥土里爬行着,在黑暗中一路向前钻去,直到我终于摸到了它——树根,它穿透了空间,穿透了一层层形形色色的现实和梦,穿透了时间本身,指引我回到了中心。摸到它的一刹那,我就知道自己找到了回家的路。我使劲从泥土中抽出双手,充满力量向外伸展的藤蔓为我指引着方向,它们永远缠绕交错在一起,它们的曲线那么慈爱体贴。终于,我从树干底部钻了出来。在时间中央的那棵树是我的家。"

选择一首诗,将其改写为散文,或者选择一篇散文,将其重新组织成一首诗。

生活:《桌子》和《桌子》

正如海洛尔强调的那样,有些事情——例如名字——是经过精心选择的,本身就具有一定的意义。还有一些事物很具体,看上去普普通通,但是换一个环境,它们就具有了新的意义。海洛尔和康利都以桌子为主题,突出描述了那一张桌子在自己所处的环境中有多么重要。根据一件满载着家庭生活痕迹的独一无二的物品写一篇文章。

母亲:《突然》和《夏日》

"生活原本很简单,直到我突然变成了母亲。"

"我想说怀孕是一个错误,可事实并不是这样。"

"她将嘴唇紧紧地贴在了宝宝的额头上,柔软的唇就像桃子被擦伤的地方一样微微凹陷了下去,就好像那个孩子十分可爱,睡得很香甜,就好像她根本听不见孩子的呼喊,对孩子的踢腾也无动于衷,就好像那个宝宝无论犯多少错都不算过分。"

这几句话带有令人感到惊讶的意味。想一想两篇文章令人感到惊讶的因素分别是什么,然后试着用自己的语言描述出这种因素。

坚韧:《在丛林深处狩猎》和《爸爸从我身旁骑了过去》

第一印象很有用。威廉斯就利用外套的第一印象展现出了两个主人公在坚韧品质方面的差距:"我将他打量了一番,他戴着高档太阳镜,身上穿着干净的、印有黑色迷彩印花的亮橙色派克大衣,右手里握着锃亮的步枪。然后,我又看了看自己这杆破旧的 30 式老步枪,心想我还穿着两条裤子。"鲁滨逊利用外套突出显示了他当时感到自己有多么不合时宜:"于是,我想跟他解释一下:我们以前从来不穿莱卡骑行服。我想摘掉头盔,脱掉骑行服,让那个人看一看我们也是正常人。"写一写两个人相遇的情景,完全运用描述第一印象的语言描述一下他们的关系。

威廉斯和鲁滨逊记述的都是令主人公感到庆幸的一次经历。写一写令你感到庆幸的另一种经历。

力量:《鬣狗》和《面颊骨》

在《鬣狗》和《面颊骨》中,穆罕默德与吉尔伯特分别运用两种不同的力量创作出了打动人心的作品。穆罕默德围绕家庭观念和家庭结构塑造出了现实,吉尔伯特则利用颧骨的弧线和心脏体现事情的严重性。在叙述故事的过程中,你会以怎样的方式创造打动人心的力量?利用前后连贯的框架,创作一个有关"力量"的故事吧。

统一:《哈密瓜》和《带着抹布的自画像》

费伊-勒布朗和霍利迪写的是如何利用牛仔靴、魔术和叮当声让生活保持统一。写一写你用什么让生活保持统一。

费伊-勒布朗和霍利迪在文中反复使用了"叮叮当当"一词,这是一个象声词。象声词是一种文学手段,用来模拟文学作品中描述的声音。费伊-勒布朗和霍利迪利用象声词为自己的诗歌增添了听觉效果。写出一些象声词,然后用你最喜欢的一个象声词写一首诗。

这两首诗都是六节诗[1]。研究一下六节诗这种诗歌形式,自己也写一首六节诗。

外部视角:《小秘密》和《解放女神》

相比于其他女孩,威廉斯和科尔曼笔下的女孩是男孩们怎么都看不够的那种女孩。威廉斯写道:"被仰慕她的同学们围绕着,/她看起来快乐又骄傲。'"科尔曼在一开篇就写道:"我希望自己能像塔拉一样。她有一头十分浓密的乌黑长发,棕色的肌肤,又圆又黑的眼睛。我只有一头短发,脸上还长满了雀斑。"写一写在你觉得为了得到外界的接纳或者注意而必须改变自己时的感受。

科尔曼和威廉斯疏远或者说异化了自己身为女性的经验,从而将自己和这种经验拉开了距离,为这种经验赋予了新的意义。比如科尔曼通过奶牛的视角描写了身为女性的经验,那些奶牛"真可怜,它们全都是母牛,身体笨拙丑陋,眼睛迟钝。"。通过外人的视角描写你的某一部分。你会采用什么样的语言?你会以什么样的方式解释这一部分的重要性或者说功能?

---

[1] 六节诗是一种通过将首节结尾的词语在其余诗节中进行重复展现、以营造美妙效果的诗歌形式,全诗有三十九行,前六节均为六句,最后一节为三句。——译者注

治愈:《光脚爬树》和《椰子树》

在《光脚爬树》中,伊萨克写道:"疼痛成了我的朋友……它最大的作用是让我知道,我还活着。"在《椰子树》中,科芬描写了自己的脚被划破之后祖父帮他治愈了伤口,这件事情给他留下了深刻的印象,对他来说成了一段重要的往事。记述一次痛苦但令你印象深刻的经历。

伊萨克和科芬都在文中写到了象征物,伊萨克写的是代表内心世界的外部伤痕,科芬写的一段记忆"代表着当时你必须明白的事情"。写一段回忆、一道伤痕或者一个人,描写的内容应当能够代表你的改变、你领悟到的道理或者你和其他人共同具有的品质。

希望:《希望的盒子》和《拉雪橇,添柴火》

怀蒂德和埃格斯在故事中有意略去了主人公的名字,从而为各自的文章赋予了一种特殊的基调。写一个故事,在故事中不使用专有名词。这种方法会对文章的基调产生怎样的影响?这两篇文章被称为寓言,除了省略了主人公的名字,它们作为寓言还具有哪些特点?

在《拉雪橇,添柴火》中,埃格斯写到了添柴火的经历:"让炉火烧得很旺这项工作很简单,但是感觉很好。最好的工作就是你知道它是必不可少的,而且也在你的能力范围之内,是你能够完成的工作。"写一写你做过的某项工作,"你知道它是必不可少的,而且也在你的能力范围之内,是你能够完成的工作"。

在《希望的盒子》和《拉雪橇,添柴火》这两篇文章中都出现了一种常见的象征物,唯有拥有了它,你才会珍惜它。写一写某件物品转变成一笔财富的经历。一件物品是如何变成财富的?

同情:《父亲有一群忠诚的鸽子》和《我曾以为我能挽救一切》

有些极其痛苦的时刻,人们往往觉得它们都是命中注定、不可避免的,但是有些事情是不一样的,会事先出现一些征兆,只是没有人觉察到而已。花一些时间设想一下时光缓缓倒流的情景。写一写让你遭受损失或者给你带来悲伤的一次经历倒退回去的情形。这件事情发生的时候出现了某些征兆吗?

沙拉夫亚尔和科比特都经历了失去父亲或者母亲的痛苦,但是他们还是为各自的文章注入了希望,沙拉夫亚尔写的希望是拥有事业、回家、成为父亲那样的人,科比特在文章中写道:"因为你其实别无选择,只能承认痛苦的存在,继续活下去。进行反抗,干一些蠢事,怀着希望,怀着同情。"写一写你一边承受着巨大的痛苦、同时又怀揣希望的一次经历。

写一篇文章,对下面这句论断作出回答——"现在,我明白生活充满了小小的预演。"

回忆:《照片》和《我们在努力理解你在那里的遭遇》

肯伊和帕特尼蒂在故事中讲述了自己被唤醒的一段记忆。写一写你希望唤醒的一段回忆。

肯伊和帕特尼蒂写的都是如何通过照片讲述故事,"好让大家都能看一看"。选择三张照片。这些照片能够帮助你看到什么,或者能够向其他人透露出什么?这三张照片合起来讲述了一件什么事?

在《我们在努力理解你在那里的遭遇》中,帕特尼蒂写道:"在一个完美的世界里,事情是这样的——他说,我们听着,就好像这一切都发生在我们自己身上。"

用"在一个完美的世界里,事情是这样的……"的句式开头,写一系列论断。选择其中一句,围绕着这个论断写一首诗、一篇散文或者一个故事。

梦想与写作

认识一下作者
The Contributors

理查德·来乐是讲故事工作室的签约作者。他的作品被收录在文集《启示》和《第13号出口》中。他还参与拍摄了影片《全世界等待着》。他的作品《狗》曾入围2014年缅因州文学奖的最终候选名单，文章取材于发生在乌干达首都坎帕拉的一起真实事件。理查德化名亚克拉（常被称为"AK"），还是一名舞蹈教师及表演者。在业余时间，他还以志愿者的身份参加了南缅因州的青年会活动，他喜欢阅读、跑步、花时间陪伴家人和朋友。

阿米拉·阿尔·萨姆拉伊来自伊拉克，今年二十岁。在2009年逃离了死亡和屠戮后，她一直住在美国。她的诗作《在雨中呼吸》是她在参加讲故事工作室开设的青年作家及领袖课程期间创作的，刊登在讲故事工作室出版的文集《第13号出口》中。阿尔·萨姆拉伊于2012年高中毕业，现在已经升入了大学一年级。

安·贝蒂住在缅因州和弗吉尼亚州的夏洛茨维尔，她的丈夫林肯·佩里是一名画家。贝蒂的作品已经被翻译为多种语言，在法国、意大利、荷兰、德国、瑞典、西班牙和日本等地出版。她的作品《纽约故事》即将在法国、西班牙、葡萄牙和中国等地出版，其他一些国家目前也在申请购买译本版权。《巴黎评论》第196期刊登了对贝蒂的专访。

理查德·布兰科在2013年成为第五位在美国总统就职典礼上进行朗诵的诗人。他出版过三部诗集，其中包括获得了美国笔会开放图书奖的《指向死人海滩》和获得了2013年缅因州文学奖诗歌奖的《寻找海湾汽车旅馆》。布兰科的诗作发表在各种出版物上，其中包括《美国杰出诗歌》和《犁铧》。

贾德·科芬的处女作《抚慰野象的吟诵》按照时间顺序记述了他以僧侣的身份在泰国一个村庄——母亲的老家——度过的一个夏天，接下来出版的《打打闹闹的星期五》讲述的是他获得酒吧拳击赛中量级冠军那一年的事情。科芬和妻子及两个女儿住在自己的家乡布伦瑞克，他自幼长大的社区就近在咫尺，他的母亲和妹妹至今还住在那里。

梅利莎·科尔曼的回忆录《此生尽在自己的掌握中——一个梦，六十英亩[1]土地和一家人的心碎往事》登上过《纽约时报》的畅销书排行榜，并入围了新英格兰图书奖的最终候选名单。科尔曼和丈夫、两个女儿住在缅因州，缅因州的冬季很漫长，但是他们的孩子变得越来越强韧了。

苏珊·康利的小说《巴黎是一个地方》出版于2013年，她的回忆录《最佳命运》获得了2011年缅因州文学奖回忆录奖，她创作的其他作品还发表在《纽约时报杂志》（《纽约时报》的星期日增刊）《巴黎评论》《纽约时报》《犁铧》等报纸杂志上。苏珊·康利是讲故事工作室的创办人之一，目前和丈夫及两个儿子住在波特兰。

萨拉·科比特长期为《纽约时报杂志》供稿，也是讲故事工作室的创办人之一。她和别人联合创作的《天上的房子》名列亚马逊网站2013年的十佳图书之列。

戴夫·埃格斯已经出版了九部作品，其中包括最新出版的《圆圈》和《给国王的全息图》，后者入围了2012年美国国家图书奖的最终候选名单。埃格斯是非营利性机构"全国826"

---

[1] 1英亩约合4047平方米。

和众筹奖学金项目"寻找好学生"的联合创办人之一。"全国826"在美国各地设立了八个教学辅导中心,"寻找好学生"的目标旨在为贫困学生和教育资源、学校和捐款者牵线搭桥,以便为这些学生提供接受高等教育的机会。埃格斯目前和家人住在北加利福尼亚州。

吉布森·费伊－勒布朗出版的第一部诗集《腹语者之死》出版于2012年,由美国当代诗人及大学教授莉萨·拉斯·斯帕尔推选入围了瓦萨·米勒奖的评奖名单。费伊－勒布朗目前和家人住在缅因州的波特兰,有时候人们会看到他在深夜擦洗桌子和地板上的哈密瓜。

伊丽莎白·吉尔伯特已经出版了六部虚构和非虚构作品,其中包括《美食 祈祷 恋爱》和《万物的签名》。如果不在新泽西,她肯定就在飞机上,每次外出,她总是尽可能去很多地方。

马哈德·海洛尔是《桌子》一文的作者,这篇文章被收录在文集《拆掉操场》中并被当作压轴之作。海洛尔获得过讲故事工作室在创办之初设立的创始人奖,该奖项是为奖励创作出最佳作品的作者而设立的年度大奖。在本选集的配对范文中,用工作室创办人苏珊·康利的作品和海洛尔的作品相互对照是恰如其分的选择。

埃米莉·霍利迪在受到启发后，就坐在火鸡山农场的草地上写下了《哈密瓜》一文。当天晚上，她趴在厨房的案台上完成了这首诗。这首诗发表在讲故事工作室于 2010 年出版的文集《可以叫你"性感女郎"吗？》中。自那时起，霍利迪就一直很关注食物和农业种植方面的话题。霍利迪就读于坐落在缅因州巴港市的大西洋学院，在攻读人类生态学专业的过程中她一直专注于食物系统和科学教育的问题。

法杜穆·伊萨克热爱写作。这篇文章是她发表的处女作，被收录在讲故事工作室于 2011 年出版的文集《如何爬树》中，书名就来源于这篇文章，她也凭借这篇文章获得了负有盛名的创始人奖。伊萨克希望有更多的作品问世，也希望提高自己的创作速度。她出生在肯尼亚东部的一个大型难民营里，在十二岁那一年来到了美国，目前和家人住在缅因州的波特兰。身为索马里人的伊萨克是整个家族里的第一个大学生，她希望日后成为一名职业护士。

哈桑·杰亚拉尼来自一个多才多艺的家庭，他的哥哥和姐姐也在从事写作，他们创作的诗歌和文章同他的文章一同被收录在讲故事工作室于 2007 年出版的第一部文集《我还记得温暖的雨》中。多年来，杰亚拉尼一直杳无音讯，直到几个月前他才突然出现在我们的写作工作室里。他站在门口，说："我回来了。做好准备，我要让你们大开眼界！"

阿鲁纳·肯伊在十七岁的那一年同讲故事工作室的联合创办人迈克尔·帕特尼蒂一起创作出了小说《照片》，文章被收录在文集《我还记得温暖的雨》中，当时肯伊还在波特兰高中就读。2010年，肯伊出版了回忆录《两条河之间》，出版社于2014年重印了这本书。靠着回忆录的收入，肯伊支付了自己的大学学费，并且为自己创办的"苏丹人午餐计划"提供了资金。在这个项目成功创办之后，由于南苏丹政局动荡，肯伊一直没有机会重返故乡。

莉莉·金已经出版了四部小说：《快乐时光》《英语教师》《雨之父》和《狂喜》。自讲故事工作室创办之初，金就一直以志愿者的身份参与工作室的工作。她认为这个工作室是有史以来最酷的地方。目前，金和丈夫及孩子住在缅因州的雅茅斯。

乔纳森·莱瑟姆已经出版了九部小说，其中包括《持不同政见者花园》和《孤独堡垒》。他的第五部小说《布鲁克林孤儿》获得了美国图书评论界奖。他创作的小说和散文发表在《纽约客》《哈泼斯》《滚石》以及其他众多刊物上。

珍妮特·马西森最初被我们找到的时候正待在农田里，身上穿着连帽衫和工装裤。她在一张小纸片上写了一堆歪歪扭扭的小字。她原本不想让我们看她写的东西，不过我们还是设法从她的手里抢了过来，把撕碎的纸片拼了起来。最终，在农田里，她站在小伙伴们围成的圆圈里，为大家读出了自己写的故事。今天，马西森已经进入了匹泽学院，她创作的诗歌也被收录在了文集《可以叫你"性感女郎"吗？》中。

朱利安·马约尔金不知道自己会成为一位作家，但是他肯定也有自己想讲述的故事。本书的名字就来自于他想讲述的那个故事。当初，马约尔金先是把这个故事讲给了他在讲故事工作室的写作辅导教师，当时他们就坐在他就读的公立学校的选择教育教室门外的走廊里，后来这个故事被收录进了文集《拆掉操场》中。现在，马约尔金已经成了一个身着西装革履的人，在波士顿过着美好而朴素的生活。

坎贝尔·麦格拉思已经出版了十部诗集，包括最新出版的《在海猴的王国里》（埃科出版社，2012）。麦格拉思目前和妻子住在迈阿密海滩地区，他们的孩子时不时也会去那里看望他们。

阿里·梅尔不断听到别人跟他说他的作品"充满想象力"，可是他一直不太确定这种说法是不是一种赞美。此外，他一直沉迷于 1970 年代的日本连环漫画，但是现在开始认为自己的这种爱好一点都不酷，反而很古怪。梅尔目前和家人住在缅因州的罗克波特，那里手机信号时好时坏，但是他家的后院就有一条小溪潺潺流过。

阿里·穆罕默德被有些人称为"鬣狗猎手"。他的母校波特兰高中至今依然传颂着他的故事，就在不久前还有整整一教室的孩子大声朗读了他的故事。在寂静了片刻之后，孩子们背诵出了结尾的那句话——我"已经不需要再证明什么了"，随即教室里就掌声雷动。我们发誓，在穆罕默德同导师一起完成了自己的这篇作品并将它发表在 2007 年出版的《我还记得温暖的雨》一书中的整个过程中，我们亲眼见证了他的成长。现在，穆罕默德已经在得克萨斯州安家了。

瓦西里·穆兰吉拉出生在布隆迪，目前住在缅因州的南波特兰。他的作品在讲故事工作室出版的文集《如何爬树》中占据着重要位置。目前，穆兰吉拉在缅因大学攻读化学工程专业。除了写作，他还喜欢参加体育运动、听音乐、跟朋友们待在一起。

克里斯蒂娜·默里住在缅因州的波特兰，就读于马萨诸塞的史密斯学院，在创作了被收录进文集《可以叫你"性感女郎"吗？》的《胡萝卜》之后，她逐渐成长为了一名作家，尤其被外界视作一位诗人。默里不断在网络杂志《声音和视像》上发表自己的诗作，这家杂志专门面向就读于女子大学的学生，目前她还担任该杂志的主编一职。

伊莱亚斯·纳斯拉特参加了讲故事工作室为期两年的青年作家及领袖课程。他是一位天生的诗人和非虚构作家，他创作的一篇文章被收录在《第13号出口》中，他还在影片《全世界等待着》中担任了主演。纳斯拉特来自阿富汗，目前就读于坐落在欧洛诺市的缅因大学。

迈克尔·帕特尼蒂是一位作家，目前住在缅因州的波特兰。他是讲故事工作室的联合创办人，并创作了一部跟工作室同名的作品。帕特尼蒂至今还怀揣着成为驯狮员的梦想。

刘易斯·鲁滨逊出版有小说《会游水的猎犬》和故事集《对警官友善的人及其他故事》。他创作的短篇小说和散文曾出现在《体育画报》《铁皮屋》《密苏里评论》《纽约时报·书评》以及美国国家公共广播电台每星期播出一次的广播节目《精选故事》中。鲁滨逊至今依然怀揣着进入美国职业篮球联赛打球的梦想。

比尔·洛巴克最新出版的小说《生活在巨人中间》目前正

在被美国家庭影院频道改编拍摄为电视系列剧。接下来他创作的小说《爱的药方》将于 2014 年 10 月出版。就在不久前，佐治亚大学出版社再版了他的获奖故事集《大拐弯》。洛巴克的《坦普尔河》很快也将由下东部图书公司出版新的版本，这部作品其实就是他的回忆录。洛巴克目前住在缅因州的法明顿，整个夏天他都站在自家花园里做着白日梦。

麦基·伦扬博于 1994 年 5 月出生在刚果共和国，在卢旺达度过了十四年的生命，于 2009 年移居到了美国。2012 年，伦扬博参加了讲故事工作室，创作出了大量的短篇小说，其中一部分被收录在工作室出版的文集《启示》和《第 13 号出口》以及影片《全世界等待着》中。他创作的《两颗牙》曾入围 2014 年缅因州文学奖的最终候选名单。

理查德·拉索是一位获奖长篇小说家及编剧，已经出版有七部长篇小说和两部短篇小说集，小说《帝国瀑布》获得了 2002 年的普利策文学奖。拉索最新出版的著作是回忆录《别处》。目前，他和妻子住在缅因州的波特兰。

乔治·桑德斯任教于锡拉丘兹大学，他最新出版的作品《12 月 10 日》入围了美国国家图书奖、美国杰出短篇小说奖和弗里欧文学奖的最终候选名单。

达西·瑟菲斯还在高中读书的时候就开始创作《突然》这首诗了，当时她还怀着女儿。在麦迪逊出生后，她又恢复了创作，最终这首诗被收录在2009年出版的文集《拆掉操场》中。麦迪逊现在已经五岁了，瑟菲斯希望在第二个孩子出生后自己依然还能恢复创作。她还有很多想说、想写的故事。

阿奇拉·沙拉夫亚尔第一次向别人讲述自己的父亲在阿富汗养了一群鸽子的故事时还是高中一年级的学生。决定在文集《我还记得温暖的雨》中讲出自己的故事的学员中有十五个人都来自中东和东非地区，他们最终都想方设法来到了缅因州的波特兰，其中就包括沙拉夫亚尔。

科林·谢泼德创作《荒野》的时候还在卡斯科湾高中读书，他于2008年出版的文集《走到哪里我都带着它——五十名青少年谈对自己至关重要的东西》正是以这篇文章为基础的。在书中，谢泼德以摄影师的身份出现，他高举着一块布告牌，牌子上是他用大写字母写的黑色大字："当我提到'自由'的时候，我指的是从事自己所热爱的事业的自由"。直到今天，他依然信奉这条原则。

贝齐·肖尔的第八部诗集《否则就看不见了》刚刚由威斯康星大学出版社出版，这部诗集获得了四湖诗歌奖。肖尔执教于佛蒙特美术学院艺术硕士专业，目前和丈夫住在波特兰，和他们的两个孩子及其家人的住处相距不远。肖尔是 2006 至 2011 年的缅因州桂冠诗人。

格雷斯·怀蒂德创作的短篇小说《希望的盒子》获得了讲故事工作室 2013 年的创始人奖，被收录在文集《启示》中。怀帝德目前和母亲生在缅因州的南波特兰，家里还有七只猫，她刚刚升入高中一年级。在她的家里，你常常能看到她还没有写完家庭作业就开始埋头创作诗歌和小说了。

密苏里·艾丽斯·威廉斯创作的诗歌《阿依达》被前缅因州桂冠诗人韦斯·麦克奈尔推荐入围了 2011 年梅里卡纳格诗歌节的最终候选名单。她的诗作《小秘密》首先发表于讲故事工作室出版的文集《如何爬树》中。自那时起，在大学学习儿童发展专业的威廉斯不是忙于跟在小孩子屁股后面，就是在默默地从事着诗歌和剧本创作，追求着戏剧事业。

诺厄·威廉斯的处女作由讲故事工作室发表在文集《第 13 号出口》中，他曾凭借着《刚好冷得很舒服》一文入围了 2013 年缅因州文学奖的最终候选名单。威廉斯入选了讲故事工作室的新锐作家学习班，在学习期间完成了《海明威的幽灵》一书。威廉斯目前住在缅因州的波特兰。

莫妮卡·伍德出版有登上过畅销书排行榜的回忆录《当我们还是肯尼迪的时候》，以及长篇小说《苦涩的事》《厄尼方舟》《我唯一的故事》和《秘密语言》。她还专门为作者和教师群体撰写了一系列作品。她的非虚构类作品发表在《奥普拉》《纽约时报》《玛莎·斯图尔特生活》《大观》以及其他多种出版物上。伍德创作的第一部戏剧《造纸工》将于2015年被搬上舞台，在波特兰舞台剧院进行公演。伍德目前和丈夫住在波特兰，家里还有一只肥肥的、老得掉牙的猫咪"米妮"。

讲故事工作室

相信创意表达的力量
About the Telling Room

讲故事工作室是缅因州波特兰市的一家非营利性写作中心，该机构坚信儿童和青年都具有讲故事的天赋。我们聚焦于六至十八岁的青少年作家，致力于增强他们的自信，提高他们的文学创作水准，为他们创作的作品寻找读者。我们相信创意性表达的力量能够改变我们的社区，能够让我们的青少年做好准备，在将来取得成功。

我们这个有趣而创新的项目得到了一位位本地作家、艺术家、教师和一个个社区团体的支持。我们在位于市中心的写作中心提供了课外学习班和写作辅导服务，我们针对缅因州各地的学校团体举办实地考察学习活动。我们为本地学校和社区组织的学习班提供引导和示范服务，介绍享有盛誉的作家前来缅因州举办公开读书会，与小规模的学生团体一起工作，并出版学生的习作集和学生创作的图书，这些作品都成了畅销书，就像这本年轻作者的习作集，我们还在各个社区发起讲故事项目，组织讲故事活动。

  我们的服务对象不仅是成熟的作家，还包括对写作感到反感的人群，其中包括缅因州日渐增多的移民和难民中的儿童与青年、在情感和生活习惯两方面遭遇挑战的人、在正统课堂里很吃力的学生、热衷于参加创意性社群的自学者、除了学校能够提供的支持以外还需要更多支持的年轻作者。要想了解更多的情况，请查阅我们的网站。

  www.tellingroom.org

The Story I Want to Tell

致谢
Acknowledgements

最需要感谢的是为本书供稿的每一位作者——年轻的作家以及你们的家人，还有支持你们的人，包括你们的父母和老师；感谢不吝时间和文字的每一个成年人，正是由于你们的付出，这个项目才如此成功。我们还要特别感谢安·贝蒂，正是由于你首先提交了一篇配对文章，其他人才受到鼓励纷纷参加了这个写作项目，享受创作的乐趣。

我们要向一群十分优秀的编辑们表达感谢：莫莉·麦格拉思，吉布森·费伊-勒布朗，阿比盖尔·钱斯和戴维·卡伦，一连数月你们一直定期在讲故事工作室会面，商讨这个项目。你们挑选出了这些文章，按照两两配对的方式对其进行了不可思议的分组，而且还为这本书设计了其他无数种形式和风格。感谢罗斯·黑斯奥夫、伊琳·巴尼特、安德鲁·格里斯沃尔德、帕蒂·哈格、乔·康韦、莫莉·黑利、尼克·舒勒和索尼娅·汤姆林森，对于本书的编辑工作，你们也提供了支持，并且始终如一地对这个项目充满热情。我们还要特别向讲故事工作室的希瑟·戴维斯和赛琳·库恩致以谢意，感谢你们为如此艰巨的工作提供了巨大的支持。

我们还要向以下人员致以谢意：工作室无与伦比的工作人员，董事会成员，执教的写作专家，实习生和志愿者，是你们让文字游戏在讲故事工作室日复一日、年复一年地继续着，你们的存在让我们所做的工作变得如此卓越。

衷心感谢阿里·梅尔，是你和莫莉·麦格拉思很早以前在卡姆登咖啡馆里构想出了这个点子——击掌庆祝一下吧，阿里老兄，咱们成功了！感谢林肯·佩里和吉纳维芙·摩根，谢谢你们为了编辑问题进行了一次次令人愉快的谈话，并且提供了很多建议和意见；感谢肖尔·威尔金森和全力以赴公司团队的所有人贡献了优美清爽的封面设计；感谢北风设计制作公司的珍妮特·罗宾斯贡献了同样优美的版面设计。感谢戴维·米克尔约翰以电影预告片的形式为本书进行了构思。感谢蒂尔伯里书屋的特里斯·科伯恩和乔恩·伊顿自项目启动伊始就对这本书充满了信心，也感谢蒂尔伯里书屋其他了不起的工作人员，有了你们的帮助，这个构想才得以化为现实。

最后，我们还要向苏珊·康利、萨拉·科比特和迈克尔·帕特尼蒂致以谢意。讲故事工作室正是这三位富有天赋的作家创办的。你们三位功德无量，在你们的眼中，每一个孩子都有想要讲述的故事，是你们让他们有机会把自己的故事讲给我们。

图书在版编目（CIP）数据

梦想与写作／（美）伊丽莎白·吉尔伯特等著；徐海嫦译 . 昆明：晨光出版社，2024.1
ISBN 978-7-5715-1377-1

Ⅰ.①梦… Ⅱ.①伊… ②徐… Ⅲ.①随笔－作品集－美国－现代 Ⅳ.① I712.65

中国版本图书馆 CIP 数据核字（2022）第 054207 号

THE STORY I WANT TO TELL
Text copyright © 2014 The Telling Room
First published in the United States by Tilbury House Publishers under the title THE STORY I WANT TO TELL.
Published by arrangement with Tilbury House,through RightsMix and CA-Link International Co.,Ltd.
All rights reserved.

著作权合同登记号　图字：23-2021-174 号

MENG XIANG YU XIE ZUO
梦想与写作

〔美〕伊丽莎白·吉尔伯特　〔美〕戴夫·埃格斯　〔美〕乔纳森·莱瑟姆等　著
徐海嫦　译

出 版 人	杨旭恒
项目策划	禹田文化
封面插画	尚畅 www.changgao.co
版权编辑	陈　甜
责任编辑	李　洁
项目编辑	杨　博
美术编辑	沈秋阳
装帧设计	沈秋阳

出　　版	晨光出版社
地　　址	昆明市环城西路 609 号新闻出版大楼
邮　　编	650034
发行电话	（010）88356856　88356858
印　　刷	固安兰星球彩色印刷有限公司
经　　销	各地新华书店
版　　次	2024 年 1 月第 1 版
印　　次	2024 年 1 月第 1 次印刷
开　　本	145mm×210mm　32 开
印　　张	8.5
I S B N	978-7-5715-1377-1
字　　数	162 千
定　　价	48.00 元

退换声明：若有印刷质量问题，请及时和销售部门（010-88356856）联系退换。